七色之毒

中山七里

Poison of the Seven Colors

瑞昇文化

好評推薦

今年台灣開始引進中山七里的作品，是滿令人開心的一件事。不管是《再見，德布西》，或是這本《七色之毒》都相當令人驚豔。出版社之後仍會陸續出版該作家的作品，我相當的期待。不只是謎題的翻轉，還有人性的反轉，從《七色之毒》短短的故事中，就能夠看透好人不見得不會做壞事，壞人也不見得就不會做好事的簡單道理。我很喜歡結尾的故事與首篇連成一氣，讓整個故事有種完滿的意念。人性很脆弱，不堪考驗，就像這《七色之毒》一般。

——謎團的翻轉，人性的反轉（節選）　栞

全書由七篇作品集結而成，以顏色為意象和表徵，詮釋各式人性之毒，透顯人心的惡意和脆弱。即便各篇題材不盡相同，然而得知真相後再翻轉的小說模式卻都類似，是同質性相當高的作品。

以推理小說而言，一氣呵成地閱畢同類型作品，未免有些疲乏，不過故事背後所乘載的價值判斷，恐怕才是作者所欲深入探討的議題。為了生存或在乎而戰鬥，原本是無可厚非的事，但若本來的思考轉為惡念，那便使人遺憾。善惡、是非和道德界線在書中相當模糊，部分劊子手的作為堪稱幕後殺手或完美犯罪，而行為背後的動機和心念，往往令人不勝唏噓。

余小芳──《七色之毒》讀後感（節選）

相較於《開膛手傑克的告白》，犬養刑警在《七色之毒》裡感覺活躍多了，性格也立體多了，甚至顯得有一點愛管閒事，像〈紅色之水〉中的車禍事故，照理說根本不歸刑事部門管，他卻因為注意到了某個細節而產生疑惑，特地跑到交通搜查課詢問；在〈紫色獻花〉裡，更是由於死者和他過去經手的案件有關，因此專程從東京前往歧阜縣多治見市協助地方警署調查。當然了，如果不是有他的「雞婆」，案件也無法真相大白。

不過，真相大白了之後，所有的一切就結束了嗎？透過〈紅色之水〉與〈紫色獻花〉的因果連結，我們可以看到時間並未停止轉動，受害者仍需繼續自己的人生，也可以看到有人毫不在意地展開新生活，更可以看到有人困在罪惡感之中，只能想盡辦法去贖罪、去彌補。

小云——《七色之毒》，人心之毒（節選）

導讀／【推理作家】寵物先生

「德」與「毒」的界線

有時我會想，若要分析一位作家的創作理念，比起長篇作品，閱讀他的「短篇集」或許是更有效率的方式。

這話聽起來有些弔詭，畢竟篇幅上的限制，通常等同於故事規模的限制。無論是主題性的著墨，或是角色的人格發展，長篇都來得比短篇有更多的發揮空間。

然而，將數個短篇連結起來，成為「短篇集」情況就不一樣了。在長篇的整體性考量下，作品主題通常只有一個，為了呈現該主題，故事背景和人物都得妥善安排，即便有足夠的空間，也只能在該主題的框架下發展。同樣的情況放在短篇集來看，作者可以為一個（或數個）主題構思出不同架構、背景的故事，每個故事有不同的角色，自成一封閉的人物關係，各篇之間只要維持最低程度的關連性就好。在這樣的條件下，短篇集縱使有篇幅限制，對於想多元性書寫的作者而言，毋寧更為自由。

也因此，儘管書市的長篇故事總是遠多於短篇集，我仍會不時閱讀成名作家的短篇。這或許是閱讀速度並不快的我，藉以迅速認識作家的「偷吃步」吧！

本書《七色之毒》即是一部圍繞共同主題，卻能呈現各自風貌的短篇集。

關於作者中山七里，已閱讀過中文版《再見，德布西》與《開膛手傑克的告白》的讀者，想必已有些許認識。出道作《德布西》是敘述一名歷經火災的少女香月遙，她如何與傷病搏鬥，朝成為鋼琴家的夢想之路邁進的勵志故事，象徵「救贖」與「夢想」的古典樂，與加諸己身威脅構成的懸疑要素，交織成一清新的推理詩篇。而《開膛手》卻是從一系列獵奇、充斥劇場型犯罪要素的命案出發，進而探討器官移植、生死學等問題，融入社會觀察與省思的作品。

這兩部小說各自代表不同的創作路線，中山七里也在這兩條系譜中，作出類似系列角色「承先啟後」的安排，之後還分別推出短篇集，《德布西》系譜（又稱岬洋介系列）的短篇集是《再見，德布西——前奏曲》，而與《開膛手》相關的，便是本書《七色之毒》。

《七色之毒》如聞其名，是七篇以「顏色」為標題的故事構成的集子。七部短篇各自以一樁社會案件揭開序幕，這些案件涵蓋公路車禍、校園命案、知名歌手離奇死亡等類型。當警方介入調查，一些不堪的內幕也隨之挖掘而出，描繪出一種灰暗、卻又寫實的社會面向。

就像《開膛手》所呈現的，作者在故事中不時融入己身對日本社會的觀察，一些議題隨著故事發展而浮上檯面。例如〈紅色之水〉的工業汙染、〈黑色之鴿〉的校園霸凌、〈綠園之主〉的「襲擊遊民」問題、〈黃色緞帶〉的性別認同問題等等。

當然，若你對日本藝能界很熟悉，一定也聽聞過某位藝人脫離事務所後在家寫小說，投稿文學獎並獲得首獎，作品出版後卻慘遭一片惡評的事蹟。這項事蹟也被作者寫入小說中，成為本書短篇〈白色原稿〉的故事背景，事件背後隱藏的惡質市場操作與出版亂象，更是血淋淋地呈現在讀者眼前。

或許不若「社會派」大師松本清張那樣，以尖銳的筆鋒批判社會，但中山七里確實貫徹了一些作家「小說是社會的警鐘」信條，用冷靜的筆觸寫出自身所見，讓讀者感受到社會的脈動，看見病灶與瘡痂。

以上說法或許會讓一些重視「解謎」的讀者卻步，但請放心，在刨挖社會之餘，作者並沒有忘記推理小說的本質。當案件發生時，一些引人費解的謎團必隨之而出，擔任其中抽絲剝繭角色的，便是於《開膛手》中相當活躍的犬養隼人刑警。

中山七里對於「系列角色」的分配是公平的。這並不是說在他的筆下沒有主、配角的區分，而是主、配角經常會輪替。舉例來說，同一系譜的首作《連續殺人鬼青蛙男》以琦玉縣警古手川和也為主角，到了《開膛手》古手川的戲份即大幅減少，成為像是犬養隼人的助手角色。在《七色之毒》中，犬養仍是主要解謎者，但各篇故事均不是以他為視點，他成了劇情中段才出現，發掘案件的功能性角色。

雖說是功能性，讀者仍可以在散見各篇的描寫中，瞥見犬養所被賦予的「血肉」，包括他的相貌，他對男嫌犯很有一套、卻對女嫌犯沒轍的特點，或是離婚後與女兒的關係……這些血肉在《開膛手》已稍微提及，在本作的延伸之下，讀者對犬養這個角色想必會有更深的瞭解。

以短篇的字數，並不允許冗長、繁複的解謎。謎團浮現、偵探登場後，解謎的步驟自然得果決明快。然而，故事並非在揪出犯人後就結束了，當讀者感到一切塵埃落定之際，中山七里一向奉為圭臬的信條「結局逆轉」此刻便會發生——意外的動機、意外的人際關係……藉由犬養更深入的探究，事件背後更深一層的真相於焉浮現。長篇如此，短篇自然也不例外。

七篇故事，七篇逆轉。這其中的共通點，就在於書名一個字「毒」。這「毒」可以是實體的毒素，首篇篇名〈紅色之水〉便是指有毒的工業廢水。另一方面，更多日本作家會拿來指涉「人心之毒」，即人性的巨大惡意。

讀者瀏覽目次便會發現，各篇篇名多由「顏色」與「物件」構成，這些物件在故事中屢次出現，成為不容忽視的象徵。例如〈白色原稿〉死者電腦裡一片空白的續作檔案、〈藍色之魚〉一家人食用的美麗鯆魚、〈黃色緞帶〉裡幻想人物「小滿」的緞帶……這些象徵物出現的時機、背後隱含的意義，正是構成故事「逆轉」的主要元素——人性之惡。

這也使得本書雖是分散的七部短篇，卻也擁有共通的主題。人心裡的惡意究竟藏在何處？比起實際的毒素，滲透內心的毒是否害人更深？每當真相揭曉，同樣的思考再一次撩撥讀者的內心，探索背後的人性議題。

更令人驚訝的是，細觀這些「毒」的起源，並非全是來自「純粹的惡」，有時「毒」竟是出於一顆良善的心。如同本書日文版書腰所言：「好人，一念之間就可能變成壞人！」而這句話，也正好和末篇〈紫色獻花〉中的一句遙相呼應：「（某項長才）出於善意而為，就成德，出於惡意而為，就成了毒。」

究竟「德」與「毒」的界線在哪？懂日文的人就會知道，僅是差在一個濁音罷了。這兩種人性說穿了，就是互為表裡，如此一體兩面的二元性。

本文作者簡介／寵物先生

台灣推理作家協會會員。以《虛擬街頭漂流記》獲第一屆島田莊司推理小說獎首獎，另著有長篇《追捕銅鑼衛門：謀殺在雲端》與〈名為殺意的觀察報告〉、〈犯罪紅線〉等短篇創作。

七色之毒

紅色之水

1

「你可以走了！」

沙耶香的聲音帶尖帶刺。

雖是自己的親生女兒，可有好一段時間捉摸不到她在尋思什麼了，倒是聽得出語氣中的不悅。經驗告訴自己，再坐下去只會惹她更生氣而已。

犬養隼人一把抓起掛在椅子上的外套，站起來。

「……我還會再來。」

離開前說了這句，可沙耶香並未回應。帶上房門之前還回頭望一眼，然而，病床上的女兒仍不看自己。

並不期待父女之間有像樣的對話，但十五分鐘內才講三句，叫人情何以堪！同樣時間，對象換作嫌犯的話，輕輕鬆鬆就能寫滿十張供述筆錄了。截至目前，雖然已經吃過太多女人給的排頭，但在犬養心中，這是最慘的了！

東京都內正極力呼籲民眾節能減碳，可醫院並非呼籲的對象，因此連走廊的冷氣都好強。儘管再一小時就要熄燈了，一想到外頭的五月雨暖烘烘下得慌，便想在裡面多待一會兒。

到大廳櫃檯去結算這個月的住院費用吧！即便沒住在一起，依然得負擔每個月的生活費及醫療費用，這是離婚時協議的。

坐在沙發上無聊地看著大廳的電視，等待叫號。

『剛剛傳進來的消息。就在稍早晚間八點二十分左右，中央高速公路高井戶交流道附近，一輛行進中的高速巴士撞上防護欄，可能有乘客傷亡。』

畫面上是大雨滂沱中，一輛巴士被防護欄的接縫處刺進，車體左側已面目全非的特寫。宛如紙糊般不堪一擊的損毀狀況，訴說撞擊瞬間之慘烈。

駕駛似乎只受到輕傷，在救護人員的攙扶下自己站起來。

『對不起！對不起！真的沒想到……』

清清楚楚地致歉，深深低頭一鞠躬。想必在送醫之前電視臺人員就趕到了吧！車禍後能立即捕捉到肇事者的聲音並透過新聞傳播出來，還真是前所未見。

路面上流淌的雨水混雜著紅褐色。這是因為從清晨就下不停的豪雨，把崖壁上的紅土沖刷下來了。攝影師可能沒意識到，這紅色的水，使車禍現場更添淒絕的顏色。

鏡頭對焦著駕駛，而在周遭，穿著雨衣的交通搜查課員們正在地上爬來爬去。

星期天還要搞這些，真是辛苦啊——。

犬養看著其中一人，心裡唉嘆一聲。

是一個有點眼熟的男人。

此時，大門口突然騷動起來。

尖銳的警笛聲一停，救護人員們立即抬擔架進來。不只一組，三人、四人——躺在擔架上的傷患陸續被搬進來，醫院大廳瞬間籠罩在喧囂的空氣中。

受傷程度不一而足，有雙腳纏上繃帶的，也有人只是額頭貼個ＯＫ繃而已。早就待命著了吧？十幾名護士跟在擔架後面。

這家醫院的確離高井戶交流道很近。魚貫而入的傷患很可能就是巴士車禍的受害人。

犬養掃視了一下傷患的臉，看起來都是二十多歲到三十多歲的女性。曾聽說，高速巴士便宜，但相對通車時間長，夜車自然都是年輕族群了。

傷患被送走後，一樓大廳又恢復寂靜，犬養再次將視線移向電視畫面。

*

「真的很抱歉！對不幸往生和受傷的乘客，我真的不知道該怎麼向你們賠罪才好……」

駕駛小平真治從剛才就一直重複這句話。對駕駛過失毫不辯解，只顧著道歉的這男人，比起一心要規避責任的巴士公司社長，態度誠懇多了。駕照上顯示為二十九歲，但看起來更小，是神情緊張的關係吧！

不過，再怎麼誠懇，也喚不回亡魂了。蓬田晃一想著，便在內心嘆了口氣。搭乘這輛巴士的乘客共九人，其中八人受到輕重傷，六十歲名叫多多良淳造的老先生不幸身亡。

車禍發生時間是昨晚的八點二十分，地點就在通過高井戶交流道後不遠處。愛發牢騷的同事中，有人抱怨在一般公路上發生的車禍，應該歸高井戶署負責才對。的確，在大雨中處理車禍，包括交通鑑識單位在內，人人都鬱卒到極點，可至少蓬田認為，還是由警視廳交通課來處理比較好。由於認識高井戶署交通課的搜查員，蓬田正暗自抱著較勁心態。

發生車禍的路線是岐阜縣可兒市與新宿之間以中央高速公路連結的三百五十公里，早晚各二班車。小平負責駕駛的是傍晚的班次，預定晚間八點五十分抵達新宿。

「車禍那一瞬間發生的事，請再回答我一次。」

相同的問題已經問第三次了，一再重複，是為徹底確認真相只有一個。人類的記憶並不可靠，於事件剛發生後，與經過一段時間後所得到的證辭內容經常不盡相同，問題就出在並不會因為事件才剛發生，所得到的證辭就是正確的，因此同樣的問題必須一再確認。

不過，小平的回答始終一致。

「在打瞌睡。」

語帶抱歉，卻是滔滔不絕。

「離開可兒市，過土岐系統交流道後，就有點想睡了。這條路線中間會經過神坂、諏訪湖、談合坂服務區，可以休息個十五到二十分鐘，我每次都確實小睡了一下。」

「小睡了三次，還會想打瞌睡？」

「過八王子後，就什麼都不記得了。車禍那一瞬間發生什麼事也想不起來，我完全沒有操作方向盤的記憶。」

小平的供述內容已經全部對證查實。蓬田和他的交通搜查課同仁已經確認現場沒有煞車痕跡。按理說，駕駛若知道前方有障礙物，一定會轉動方向盤或踩煞車，然而肇事車輛並未留下任何胎痕而直接衝撞防護欄的邊角，因此小平的供述不容有疑。

交通搜查課也懷疑小平是否服用藥物，因而要求他體檢，但仍未檢出任何藥物反應。

「前一天有熬夜嗎？」

「沒有，我平常都是早上七點起床，晚上最晚十二點就會睡了。高速巴士因為開車時間很長，休假會連休兩天，而上班的前一天，我都會特別注意不能睡眠不足。」

休假時間的住宿地點若是在飯店，雖說能確保睡眠時間，但也有可能睡不著。不過，小平是住在可兒市的宿舍，而且是自己的房間裡，因此這個可能性也被排除了。

「你自己有感覺到什麼疲勞症狀嗎？」

「沒有，我剛剛說了，休假時間是連休兩天……」

「有沒有去醫院什麼的？」

「去年年底我有點感冒，吃了公司的常備藥就好了……最後一次去醫院是去年六月的定期健檢。」

「那個健檢報告在哪？」

「依規定，我想是公司保管著。」

這個健檢報告之後可以向公司索取，但不太能期待有何新發現。因為若是報告指出有睡眠障礙或是癲癇症狀，公司一開始就不會雇用此人當駕駛了。再退一百步來說，若診斷書上確實載明這類症狀，公司卻故意壓下，那麼公司就有竄改文件之嫌。既然是去年做的健檢，根據醫師法，醫師有保存病歷的義務，因此應該直接向負責的醫師索取才對！

錦野被指派到小平的公司出任務，到了傍晚，他回來了。

名濃巴士股份有限公司的總公司在多治見市❶。光往返就要一天時間了，現階段尚未確定該公司有涉入之嫌，不能就這麼把人叫到東京來。

「情況怎樣？」蓬田一問，錦野便從皮包拿出A4尺寸的文件來。

---

❶多治見市：位於岐阜縣南端。

「剛好中部運輸局來做特別督查。」
「什麼？碰在一起了吧！」
「嗯，反正要問要看的東西都一樣，不就剛剛好。」
錦野把拿出來的文件攤在桌面上。運行指示書、乘務紀錄、乘務員清冊，還有小平的定期健檢紀錄——。
「國交省❷規定要做的東西，他們都做得很齊全，連乘務前都有確實點名喔！」
蓬田逐一翻閱，確認內容。的確如錦野所言，而且仔細查看手寫的部分，也並未發現竄改痕跡。
「定期健檢是在總公司附近一家綜合醫院做的。事先照會過了，應該馬上能拿到原件才對。我看過影本，並沒發現什麼可疑的地方。」
拿起定期健檢紀錄一看，果然，包括視力、聽力這些會妨礙執行駕駛業務的異狀，一個也沒看到。也沒有宿疾。
「那個愛現又老頑固的社長，在一開始的新聞中，拍胸脯保證他們公司絕對沒有違法的事，我就很想戳破他的謊話，但結果只是我自己說大話而已。」
「司機的人數夠嗎？」
「名濃巴士一共跑三條高速公路路線，這是乘務預定表。」說著，指出最後一張。

「早晚各兩班車，共十二個人輪班。換句話說，是每三天跑一趟車，這樣很難說是工時過長吧？」

「可是再看回來，每個禮拜天的傍晚一定輪到小平。如果每三天跑一趟車的話，大家按次序排，不會每個禮拜天都是小平啊？」

「啊，那個我也注意到了，所以我問了負責運行管理的一個叫高瀨的職員。得到的說法是，有家庭的人都希望禮拜天能休假，所以就都排班給小平了。但中間的休假時間仍會排出兩天以上。」

一數，果然小平一個月只上十天班，符合規定。如此看來，這種出勤狀態應不致造成疲勞駕駛才對。

「所以說，我覺得將這起車禍和公司的出勤狀況扯在一起送交檢方，有點勉強了。」

既無宿疾，也無工時過長。那麼，小平的打瞌睡現象就不算是經常性，換句話說，是在車禍當天少見地被睏倦侵襲。

當然，這種情形誰都可能發生，並不值得大驚小怪。早春時節尤其如此，即便是現在這個

---

❷國交省：全名為國土交通省，是日本的中央省廳之一，職責相當於各國的交通部。

時候，也會不經意被睡魔降伏。就算前一天睡得再飽，健康狀況也沒問題，睡魔還是說來就來啊！

問題不在小平本人，而在參與車禍的人。多多良以及他的家屬、受傷的受害者、媒體、看新聞的閱聽大眾，以及負責偵辦這起車禍的警察們……。既然鬧出人命，肇事原因若只是駕駛打個瞌睡，實在太不搭軌了。如果造成人死或重大車禍事件具有特別的意義，那麼車禍原因就非得有令人滿意的深度不可；若非如此，不就太過據實以報了嗎？

派到交通搜查課已經五年了。新人錦野一直將自己視為活字典，而這本字典的字裡行間，可是躺著數不清的犧牲者啊！這兩三年的交通事故死亡人數，每年都在四千人到五千人之間不等，自己當上警察那年還超過了九千人呢！有好一段時期，這種狀況被譏為交通戰爭，雖然目前數字已經緩和下來了，但戰爭狀態仍未改變。還能保留原狀的屍體算是幸運了，君不見有四肢支離破碎的、肚破腸流分散在柏油路面的、上半身呈絞肉狀的……不勝枚舉。

因此，只要一想到這些受害者，就極力避免將他們的死輕輕帶過，這就是蓬田真實的心境。

2

交通搜查課在第二天出現了這位客人。接到訪客通知後，蓬田前往接待櫃檯，便看到這位不速之客。

「這不是犬養嗎？」

「喲！看來很不錯嘛！」

犬養爽快地笑著。同為男性，蓬田在他面前多少有點自卑，但他那還不討人厭的男子氣概，一樣沒變。從前聽他提起過，在報考警察之前上過演員訓練班，有時倒會想，他何不乾脆就走演員那條路呢！

和犬養是警察學校同期，一開始也被分發到同單位。個性粗魯的自己，和宛如穿著社交禮服的犬養，簡直南轅北轍，但倒是巧妙地性情相投。兩人自從被調到警視廳的不同單位後就疏遠了，卻未曾忘記以明信片問候彼此。

「那麼，搜查一課今天來這裡有何貴幹？」

「是我好管閒事啦！那起高速巴士車禍，是你負責的吧？我看到新聞了！」

啊，看到那則新聞了啊！蓬田心想。不過，在現場搜證時，自己可是穿著雨衣呢！可見他的眼力多好。其實從警察學校開始，這男人的眼力就直叫人佩服了。

「聽取案情說明了嗎？」

「差不多了啦！」

「那，怎樣？又是疲勞駕駛嗎？」

「不是。是這樣的……」

蓬田把在偵訊室的情形大致說了一遍。

「什麼？不是常態性的睡眠不足，真就那麼不湊巧碰上了打瞌睡？」

「如果相信本人的供詞和醫師的診斷結果，就是這麼回事了。」

唔。犬養咕噥一聲後沉思。

「……瞧你樣子，不信？」

「再跟我說一件事，車禍的狀況。我看新聞，那輛巴士撞個稀巴爛，但聽說只有一個人死亡是嗎？」

的確，看肇事車輛毀損的慘狀，肯定會覺得只有一人死亡似乎太輕微了。

「防護欄的接縫處之間通常都有一定的間隔，肇事的巴士是左邊撞上那個接縫處，所以車體左邊撞爛了，但右邊還好好的。」

邊說，蓬田邊在腦海裡仔細描繪出車禍當天現場的情景。巴士左側猶如紙一般被壓扁了，座位幾乎不是被拋擲到柏油路面上，就是整個暴露出來。

「巴士的座位配置是右邊兩席左邊兩席。那名死掉叫多多良的老先生是坐在2A，也就是從前面算起第二個靠窗位置，所以根本就經不起撞擊。看來是直接正面撞到防護欄的邊角啊！我要是他的話，一定嚇死了！」

「左邊的其他乘客怎樣？」

「一共有九名乘客。坐在左邊的除了他以外，還有兩人，但都坐在最後一排而躲過一劫。說得難聽一點，死神就是衝著多多良來的！因為那個座位是老先生的指定席！」

「指定席？」

「你搭過高速巴士嗎？那是採預約方式的，人氣路線大約半個月前就都額滿了。」

「也就是說，那個2A座位是他本人指定的座位？」

「就是啊！他們拿出來的乘務紀錄裡有乘客名單。司機在發車前對照過乘客名單，確認一一對號入座了。」

犬養聽完說明後，似乎仍有疑慮。

「嘿，可以再打電話給你嗎？」

「……到底是哪裡不合你意啊？」

「車禍後，我看到那個司機對著鏡頭道歉。」

「那又怎樣？這沒什麼好責怪的吧？」

「那個司機叫小平是吧？我看他就覺得不對勁！」

「不對勁？發生那樣的車禍，道歉是應該的啊！」

「小平在開車途中打瞌睡，然後車禍的事全都不記得了？」

「是啊！」

「打瞌睡時巴士撞上防護欄，撞擊那一瞬間醒來，驚覺巴士撞爛了，乘客受傷。沒多久高速隊❸來了，交通搜查課來了，連救護車也來了。無從知道死傷狀況，也不知道是否有人死亡。到底自己會被怎樣追究責任呢？公司又會如何處置自己呢？然後電視臺的攝影機一字排開對準自己……是你的話，在那種狀態下有辦法好好面對鏡頭嗎？大部分人都會手忙腳亂，連話都沒法好好講不是嗎？」

蓬田的腦海中浮現小平的娃娃臉。

「而且啊，那個叫小平的司機一開口就是道歉，不但沒有吞吞吐吐，還很從容鎮靜，一字一句說得清清楚楚。」

「你是想說那不是車禍？」

「我沒這麼說，但是，那樣的說話方式，是一般遭遇突發事故而驚慌失措的人表現不出來的。會用那種語氣說話的人，好像事先就預測到會發生那樣的事了。」

說不出邏輯性的根據，只是個人的觀察而已，但，從這男人口中說出的話，卻具有不可思議的吸引力。

打擾了，不好意思！犬養說完離開時，剛好和蓬田的直屬上司田所警部❹擦身而過。

「喂，那不是一課的犬養嗎？」

「嗯。」

「他來幹什麼？」

「他是我警察學校的同期，來看我的……你怎會知道那傢伙？」

「因為他很有名啊！」

沒料到犬養的知名度，因此小小吃了一驚。警視廳本部的職員超過七千人，同一部署自不必說，要讓其他部署都知道名字的話，通常也要警視正❺的位階。而不過是個小小的巡查部長❻卻名聞遐邇，一般不是威名遠播就是惡名昭彰。

「有名？」

「是啊！他的八卦大概還沒傳到交通部吧！其實我也是從刑事部的朋友那裡聽來的。」

---

❸高速隊：高速公路交通警察隊。

❹警部：為日本警察階級之一，位於警視之下、警部補之上。

田所用迷茫的眼神望向犬養消失的方向。
「真的只是來找你說話嗎？該不會是來關心我們的案子吧？」
當下不能肯定，況且也還不知道犬養干涉的狀況，因此蓬田搖搖頭。
「那樣就好。」
「呃……那傢伙為什麼出名呢？」
「那男的是個怪咖！像他那樣的大帥哥，要讓女人上當還不容易嗎，偏偏老是被女人唬弄呢！他看走眼的女犯人後來被其他刑警舉發，這類案子多到不行啊！反正就是在偵訊室裡一被水汪汪的眼睛盯住，就完全沒輒了。所以知道他的那些傢伙們就在私底下調侃他是『弱掉的帥哥犬養』。」
「……真不是什麼好八卦啊！」
「聽我把話說完！他這麼容易被女人騙，但男人是絕對騙不了他的！聽說他光看對方眼睛和嘴唇的動作就能拆穿謊言。逮捕那些男混蛋，他的拘捕率在本廳可是數一數二呢！」
視覺效果真是了不起！名濃巴士車禍事件，拜巴士撞到面目全非之賜，搶攻了好一陣子媒體版面。採訪唯一死者多多良淳造的家屬、報導喪禮情況等自不待言，還對其他傷者逐一採擷證辭，可說鉅細靡遺。
不過蓬田認為，與其說媒體關注這起事件，不如說是在奉承閱聽大眾的關心還更正確些。

不論受害者願不願意被看見悲痛的神情，攝影機還是不放過捕捉特寫鏡頭。好奇心盡出的攝影工作正牽動著閱聽大眾的心。

弔詭的是，大家對受害者們投以高度關心，卻對肇事者小平興趣缺缺。

小平真治在岐阜縣龍川村一直住到高中畢業，然後到外縣市就讀大學，畢業後返回岐阜，目前在名濃巴士上班——新聞介紹的小平個人資料十分簡單，也未再進一步深入報導。

這點，就閱聽大眾的立場來看是不難理解的。閱聽大眾喜歡觀看別人的不幸，也希望看到自己認定的壞人下場淒慘，但對於認罪的人卻寬容大度。當小平一現身就深深鞠躬時，閱聽大眾便不知不覺寬恕他了。

這起車禍報導會持續這麼久，還有另一個原因。名濃巴士發生車禍後，各地便接二連三發生相同的車禍。一連串高速巴士的車禍與另一起食安問題的報導，讓放寬限制的弊害問題被重新提起討論。

然而，對每天都見到公路車禍事件的蓬田來說，這些報導顯得窮極無聊，因為高速巴士發生車禍又不是最近才開始的，一直以來就有一定的發生比例了，對交通部人員來說，並非什麼

---

❺警視正：為日本警察階級，上級為警視長、下級為警視，負責警察署長等職務。

❻巡查部長：為日本警察階級，上級為警部補、下級為巡查。

特別新奇的事件。而之所以顯得像是連續發生多起車禍，是新聞節目故意挑選類似車禍加以渲染的緣故。

在明眼人看來，就是媒體提供給閱聽大眾的新聞內容太劣質了，才會用社會問題這個「糖衣」來加以包裝。那些媒體業者打心底相信，只要有冠冕堂皇的理由，就算手段再怎麼寡廉鮮恥也能大辭其咎——平時就看不慣記者們肆無忌憚的作風，難怪蓬田會如此看待此事。

果然，媒體的論調比起責怪方向盤操作疏失的駕駛本人，其實更一面倒地攻訐強迫駕駛過度勞務的巴士公司和旅行社。媒體的策略是，突顯巴士公司無法抗拒旅行社要求低價的租車條件而只好削減人事費用來應對；企圖將問題癥結歸到基層從業人員的工時過長；這麼一來，他們訴諸大眾的議題便可重可輕，隨他們高興了。

不過，拜媒體炒作車禍之賜，蓬田倒是受惠了。

原本，要找來車禍肇事者以外的人幾乎不可能，但這起巴士車禍集全國大眾的關注，因此當蓬田要求巴士公司出面說明時，也許負責人也認為不出來面對不行吧，便在第二封回函時應允了。

男人遞出的名片上印著：〈名濃巴士股份有限公司運行管理科　高瀨昭文〉。

「這次敝公司的人員犯了這麼嚴重的……」

高瀨把頭低到前額都要碰到桌面了。車禍發生當時，社長那番責任不在公司的說辭遭來各方反感，後果就是讓底下人不得不把頭低得更低，這也是底層員工的悲哀吧！

發生了這種事，高瀨始終俯首致歉，但他本來就是個膽小怯弱的人吧！擱在桌上的手指一直微微抖個不停。

「我們社長的確說過公司營運本身並沒什麼錯，這點我不否認，可是，當被人指摘『你們以為只要不違法就沒事了嗎？』這實在叫人吃不消啊！」

「即使是在法律容許範圍內，夜間長途駕駛仍是很吃重的工作吧？」

「習慣的人，能夠完全不打瞌睡地連續駕駛，大約是四百公里左右吧！小平就算不是慢性的睡眠不足，說不定也累積了很多疲勞，如果這樣的話，就應該多安排一名司機才對。」

對高瀨的這番話，蓬田深深點頭同意。蓬田也常在假日奉命開車，要是有人叫他連續開四百公里不休息，他也沒把握。

「不光是敝公司，幾乎所有的巴士公司都有樣學樣，只要一天的行駛距離不超過六百七十公里，就不會安排交班的司機。」

蓬田聞言再次點頭。高瀨所說的行駛距離上限六百七十公里，是依據國交省訂立的標準。這個數值於二〇一〇年曾被總務省❼建議重新審訂，但國交省並未特別重視這個問題。

於是多數巴士公司反而順勢依據這個標準，在容許範圍內減少司機人數來撙節人事開銷。

「小平的工作態度如何？」

「他是個非常認真的人……長途開車的前一天都會留心作息正常，也一概滴酒不沾。因為藥的副作用會讓人想睡，所以他也格外小心避免感冒。」

「你很清楚嘛！」

「我跟他有同鄉情誼，經常聊天，所以最知道他是個認真有禮貌的好青年了。這麼好的人會碰上這樣的事，只能說實在太倒楣了啊！」

聽著聽著，蓬田覺得犬養所暗示的小平這個人，和現實中的他正迅速悖離中。蓬田本身也和小平交談過，對他的第一印象隨著聽取高瀨的證辭而逐漸清晰，並且愈來愈感受到小平的誠實和善良。

「我看了之前的乘務紀錄，那名死者多多良一直都是預約2A這個座位呢！」

「2A這個位子超便宜啊！」

「超便宜？」

「從新宿到可兒市，一般票價是六千圓，但有預約折扣，在三個禮拜前預約的話，限一名乘客，票價是二千五百圓，那個座位就是2A。」

「喔。二千五百圓很便宜呢！想必很多人搶吧！」

「託您的福。所以為了防止發車前取消訂票，規定不能上網預約，必須到營業窗口購票才行。多多良總是在開始預約當天就第一個到窗口報到，感覺上2A就是多多良的專屬座位了。」

這方面與多多良公司的說法一致。多多良於十年前到都內的帝京輕金屬股份有限公司上班，六十歲屆齡退休後，就改為約聘人員，薪水也減半。由於是單身赴任，每週會搭一次新幹線回岐阜家，但變成約聘人員後，公司不支付返家旅費，於是今年春天起便改搭高速巴士。正因為手頭不甚寬裕，就算必須早起，也非得搶到單程二千五百圓的車票不可了！

「話說回來，乘客只有九個人，這次算是不幸中的大幸！但搭車人數這麼少，你們公司應該很傷腦筋吧！」

「這倒不會，搭高速巴士的乘客多半是要返鄉的，所以星期五晚上到星期日早上是巔峰，星期日傍晚的班次本來就有很多空位。」

換句話說，就算不預約超便宜的車票，還是可以搭上車的，然而就為了省那三千五百圓差額，多多良斷送了自己的性命。這麼說對死者很失禮，但總覺得這條命太便宜了啊！

「這話絕對不能公開說出去……」高瀨先表明這是私下的談話。

「我沒有一天不在想，要是每一名乘客都繫上安全帶就好了。從車禍的狀況來看，最接近撞擊面的多多良就不說了，其他座位的乘客應該不會受到重傷才對。高速巴士因為搭車時間很

❼總務省：日本中央省廳之一。

長，所以不得已必須繫上安全帶，但乘客幾乎都沒有繫呢！」

那遺憾的口氣一直迴盪在蓬田耳間。

3

由於犬養指出的疑點並未向上級報告，目前看來，交通搜查課極可能將小平以汽車駕駛過失致死傷罪移送檢方。

當然，也有討論到是不是適用更嚴重的危險駕駛致死傷罪，然而，例如駕駛時打瞌睡，或者在有宿疾的狀態下駕駛等構成要件都不成立，因此這個提案乾脆作罷。

刑法第二一一條第二項　怠忽汽車駕駛時之必要注意事項，因而致人於死傷者，處七年以下有期徒刑、拘役或科一百萬圓以下罰金。但，該傷害輕微時，可依情況免除其刑……。

汽車駕駛過失致死傷罪的條文，愈讀愈覺得符合這起案件。而且犯罪嫌疑人小平真治既無飲酒癖好，連小小的違規紀錄都沒有，逮捕後的態度誠懇，車禍後也立即表現出道歉之意，只要是優秀的律師，要提出酌量減刑應不太難。

姑且不論犬養的意見，蓬田本身也覺得這個罪狀很合理。交通違規事項的法定刑，向來隨著惡質事件的增加而加重。換句話說，正因為一直以來適用的罰則太輕，以致惡劣的肇事者源源不絕。不過，一如這起車禍事件，就算肇事者並未怠忽任何須提高警覺的義務，仍然不幸出現死傷者。亦即，不論汽車的安全技術如何發達，只要操作和駕駛的是人，交通事故就不可能完全消弭。縱然嚴刑峻法沒錯，但更重要的應該是仔細審酌個別案例才對。

再加上，蓬田還聽說了一些討厭的閒話。

在調查名濃巴士是否有何違法行為的過程中，也聽取了其他同行駕駛的說法。當時的情景仍在腦中揮之不去。

那位駕駛這麼說：

「事實上，一天的行駛距離上限六百七十公里這個數字，實在太扯了啊！警察先生你如果覺得我說的沒道理，你可以深夜開六百七十公里看看，絕對會在途中累趴的！」

「是啊！有家巴士公司負責運行管理的人也說連續開車四百公里已經是極限了。但六百七十公里這個數字應該是國交省訂出來的準則啊……」

「你知道這個六百七十公里是根據什麼訂出來的嗎？」

「我記得是國交省從全國九十二家巴士租賃業者中抽出行駛資料加以分析的結果……」

「那是官方說法啦！如果那是真的，那麼現場的聲音不就都是瞎話了！」

「……你這話什麼意思？」

「我的意思是，上限六百七十公里這個數字，是有其他的根據啦！」

「其他的根據？」

「當然，這不過是我們司機之間的傳言啦！從大阪到東京迪士尼之間的距離，剛好就是六百七十公里喔！」

「想不到有種事?!巧合吧！」

「想不到的事往往是真的喔！警察先生你也是公務員，應該知道每年都有從國交省退職，然後到卡車協會啦、大型旅行社等機構去上班的人吧！如果那種黃金路線或者是長途路線能夠允許只由一名司機來駕駛的話，絕對是對公司有利的！」

「但是，像這次這樣，司機工時過長變成社會問題的話，國交省就會被迫重新評估這個數值了。」

「如果那樣就好囉！新的監察機關還不都是從國交省出來的那些人！」

面對如此直率的言論，蓬田無法反駁。自己所屬的警察單位，就有一大票上級決定的人事安排，這是人盡皆知的事。這個國家的官僚們向來就是將國民的請願、問題及悲劇，轉換成自己的利權，藉此來擴大勢力，這回也不例外！

事實上，由於媒體的炒作及國民的高度關心，國交省的安全政策課已經開始檢討上限六百七十公里這個問題了。當然，藉著重新審視此問題的機會，以強化監督體制為目的的新法人創設案，也在附帶討論中。

聽到這個決定，媒體的反應是樂不可支，蓬田卻笑不出來。因為媒體認為指出現法的矛盾並令其改善正是自己的功勞，因此如獲至寶地打出一連串評論。他們被官僚玩弄於股掌猶不自知的那副興奮到陶陶然的模樣，簡直滑稽到家了。

以一名老人的死以及一名過於認真的年輕人的未來作為犧牲品，官僚們的勢力範圍又擴張了。這的確就是這個國家的運作模式，令人可恥，而眼睜睜看著真正罪孽深重的人逍遙法外，更叫人氣憤填膺。而今蓬田能做的，就是將這名被犧牲掉的年輕人的罪狀，整理得更具體適切而已。

因此當犬養打電話來時，蓬田便毫不諱言地把交通課打算以汽車駕駛過失致死傷罪將小平移送檢方的事告訴他。

話才說到一半，犬養的口氣就變了。

『已經做完供述筆錄了嗎？』

「嗯，只剩下讓本人讀過後簽名按印而已。」

『那個等一下再弄！』

不由分說的措辭方式叫人生氣。不過，這個時候就當笑話聽聽算了。
「喂喂！就算我們是同期，你這樣也太超過了喔！」
『就因為我們是同期，我才好意勸你的！你去跟你老闆說先不要送交檢察廳！』
更氣勢凌人了！所謂「親不越禮」，難道沒聽過這句話嗎？
「我聽說你有個很出名的本事，能看穿那些混帳傢伙的謊話，這是打哪學來的特技？」
『演員訓練班。』
「什麼啊？」
『在那裡會教你每一個動作是出於哪種心理因素，比方說，眼神游移不定時，向斜上方看時，或者向斜下方瞄時，都各有各的原因。只要不是天生的騙子或得了虛談症❽，心思動搖時一定會表現在動作上，測謊機就是應用這種科學原理發明出來的。』
「那麼，為什麼你的這個特技對女人不管用？」
『因為女人是天生的騙子啊！』
「……我相當清楚你對女人的不信任，但是，憑你這種說法就要我去阻止送交檢方，我老闆可不吃這套呢！」
『如果不光是這套說法，可以說服你老闆嗎？』
「喂！你到底想說什麼？我剛說過了，管轄範圍不同啊，搜查一課！」

『如果不是管轄範圍不同的問題呢？』

「咦？」

『我現在就帶著資料到你那裡！』

果然，犬養說到就到！

「要再次對小平做筆錄，但這回我要在場。」

「你說得倒簡單！上面不會答應讓搜查一課的人在場的！」

「快點啦！之後你再唬弄是我來見習之類的就行了，這點信用你有吧！」

這算哪門子讚美？——才要抱怨，但蓬田隨即轉念，反正都要去見本人，因為供述筆錄還欠缺簽名按印的手續；再說，犬養的態度如此強硬，對他多說什麼都是白費力氣的。

吞下這口嘆息，兩人一進到偵訊室，犬養便以迅雷不及掩耳的速度搶先和小平對上。

「初次見面，你好！我是搜查一課的犬養。」

「搜查一課？為、為什麼？」

無視小平的疑問，犬養直接偵訊。

---

❽虛談症：CONFABULATION，指患者在回憶往事時，常混淆事情發生的時間、地點和情節，張冠李戴。如把過去可能在生活過程中確曾經歷過、然而在他所指的那段時間裡卻從未發生過的事情，錯誤地當作該時發生的真實事件來訴說，並且不自覺地固執地加以歪曲和渲染。

「你老家在岐阜縣龍川村，是吧？」
「是的。」
「你的家人全都過世了，而且都在同一年，是發生了什麼事？」
小平垂下頭。
於是，犬養將一張A4紙放在桌上，那是報紙的縮小影印，一眼看到的是〈工廠廢水導致多數村民死亡〉。
小平的視線緩緩上揚。
「這是十年前的報紙。是一家位於岐阜縣龍川村的鋁合金工廠。那家工廠的廢水排到河川裡，造成以那條河水為生活用水的村民中，有二十五人因鉛中毒死亡。這篇報導的後面有列舉出死者的姓名……這姓小平的三個人是你的家人吧？以年齡推算，應該是你的爸媽和妹妹。」
沒有回答。
「事件鬧大以後，立刻進行集體訴訟。但可能是律師的法庭戰術太差，法院不認為廢水排出和鉛中毒有因果關係，所以原告團在一審二審都被判敗訴，後來也放棄上訴，而確立了原告敗訴。而那個被告的企業叫做多多良鋁合金，董事長是多多良淳造，當年五十歲。」
蓬田不由得啊了一聲，難道和這件事有關？
「會追到這則新聞，是因為我調查了多多良的過去。多多良鋁合金雖然沒被判刑，但因為失去社會信用導致收入大幅銳減，最後就被帝京輕金屬吸收合併了。原本身為社長的多多良在帝京輕金屬被當成一般的董事任用，但好像在公司不受重視的樣子。到了退休時就和普通職員一樣，變成了約聘人員。」

「那些全是廢話！」

小平啐道，語帶咒罵。

「殺死二十五條人命的混蛋，憑什麼可以再工作！」

「事件當時你十九歲，在外縣市讀大學，所以躲過一劫。但是，那時候的電視和報紙連著好幾天都在報導這件事，所以你其實知道多多良社長的長相。對你來說，他就是殺害你全家的仇人。然後從今年春天開始，他成為你所駕駛的高速巴士的乘客了。」

犬養滔滔不絕地說。只側耳傾聽的小平，看來就像是掉進必死的洞穴中拼命掙逃的小動物。

「你認識多多良，但他想都想不到你竟會是那起事件的遺族之一。而且他總是坐在2A那個位置，不但從後照鏡就看得見，甚至近得像是伸手可及。於是車禍當天，你只是按照計畫進行罷了。在那天之前，你先把身體調整到最佳狀態，不喝酒也一概不服用任何藥品或和藥有關的食物，遵守法定速度，確實安全駕駛。所以事後接受檢驗時，就絕不會被以危險駕駛致死傷罪起訴，頂多適用汽車駕駛過失致死傷罪而已。」

啊！蓬田恍然大悟。二條罪狀相似，罰則卻完全不同。危險駕駛致死傷罪中，對致傷部分處十五年以下徒刑，致死部分則是最高處二十年有期徒刑。而汽車駕駛過失致死傷罪則是處七年以下徒刑、拘役，或科一百萬圓以下罰金，而且適用酌量減刑的可能性很大。

「對你來說，最難得的好機會就是，左邊座位從前面算起第二個位置是多多良，然後就只有最後一排坐兩個人而已。無論如何，你的行動都會波及其他乘客受害，但這種座位方式的話，就能將傷害降到最低。而且，你也早就決定好讓巴士衝撞的地點了。所以你在高井戶交流道附近突然加速，讓車體的左側，也就是多多良的正面直接撞上防護欄。換句話說，這不是車禍，是報仇！」

「胡、胡說！你有什麼證據？」

「證據？哼！我會找出來的！重要的是，這起事件要以殺人罪再重新調查！」

小平吃驚得肩膀不住顫抖。

「故意殺人。刑法第一九九條，處死刑或無期、五年以上徒刑。動機、機會、手段這三項你都有，只要具備這三項，就能上法庭審理了。」

斬釘截鐵說完後，犬養突然將臉移向小平。

「但是在那之前，這個案子會由我們搜查一課接手，一定徹底查個水落石出，一粒灰塵、一根毛髮都不會放過的！同是警察，我們搜查一課的調查方式可是『別有風味』喔！覺悟吧！」

犬養撇著嘴笑。那張皮笑肉不笑的臉，令人不寒而慄。

小平被這虛張聲勢嚇破膽了，臉色刹時刷白，開始心驚肉顫。

4

「小平真治全都招了。」

犬養向眼前的男人報告。

「他說他今年春天第一次看到乘客名單時，就心想難道會是那個多多良，於是特別注意坐在2A的那名乘客，才真正認出那個人就是他們家的仇人多多良。」

「那麼早就……」

「小平說剛開始他也嚇了一大跳，開車時，不斷從後照鏡注意多多良的樣子，看他睡著時，內心就不由得燃起殺意，所以他也老是無法專心開車。第一次就這樣，但沒想到下一個星期天，然後再下一個星期天，多多良都坐上自己駕駛的巴士，而且固定坐在2A那個位置。這種狀況連續幾次後，小平就擬定這次的計畫了。」

「這要是真的的話，就太諷刺了。擬定殺人計畫後，還得更注意安全駕駛！」

「沒錯！他說星期天傍晚的班次向來乘客就很少，那一天，左邊座位除了多多良以外，幾乎沒什麼乘客，所以他就更安心了。這很矛盾，因為這個殺人計畫必須看起來像一場車禍，所以不得不把其他乘客也牽連進去，但即使這樣，他還是很注意要將傷害降到最低。」

「他是這樣的人啊！基本上是個好人！」

「好人會設計一場把無辜的人也牽連進去的殺人計畫嗎？」

「再怎樣的好人，也有可惡之處吧！」

「這是我一向的看法，世界上沒有完全的好人，也沒有完全的壞人，有的就是騙子和被騙的人而已。」

「我不覺得他是個騙子。」

「我有說小平是個騙子嗎？相反，他是被騙的人！」

「咦？」

「唉呀，與其說被騙，還不如說是被利用來得正確吧！看起來是場車禍，其實是蓄意謀殺。為此，小平只是做他想得到的事而已。這些行為看起來是出於他的個人意志，但其實是有人在誘導他，他不過是被那個人操控罷了！」

「你在說什麼？我完全都……」

「我是說，你就是那個教唆小平殺人的罪魁禍首。」

語畢。高瀨昭文目光銳利地瞪著犬養。

「我？我怎麼會做出這麼傷天害理的事？」

「不是，你做的絕不是什麼傷天害理的事。每一次每一次，在開放預約時，你都刻意保留2A的車票等多多良來買，也就是你一定要把這張車票交到多多良手上。因為你負責運行管理，所以多多良搭車時，你也一定將那班車排成由小平駕駛。車票的分配也好，乘務預定表的安排也好，這些都是很瑣碎的工作，但這就像馭棋一樣，光用指尖就能改變大局。你讓多多良一直坐在2A，然後讓小平能一直看到多多良，這麼一來，你就只要等著看小平按照你所構思的計畫去執行就行了！」

「又不是人偶，哪能把人操縱得那麼高明？」

「因為你們兩人都同樣有家人被殺的不共戴天之仇，所以你對小平的心境應該瞭若指掌。你說過，你經常和他聊天。說不定你在和他聊天時，就若無其事地把汽車駕駛過失致死傷罪和危險駕駛致死傷罪的不同跟他說明了。也說不定你還舉出實例告訴小平，依巴士撞擊方式的不同，哪一個座位最危險。小平是個非常認真老實的人，換句話說，再沒有像他這麼容易被誘導的人了！」

「那又為什麼我非要這麼做不可呢？」

「高瀨先生，有人告訴我你和小平是同鄉。我一查，的確如此。所以說和小平一樣，你也有家人因為多多良鋁合金的廢水排出問題而死，是你的太太和女兒吧？」

話題一觸及家人，高瀨突然閉口不談。

「你的工作還包括檢查乘務紀錄，而乘務紀錄裡會記載乘客的名字。所以你比小平更早知道乘客名單中有多多良，而你做的事和小平要求自己做的，其實是一樣的，就是依照國交省的規定做好運行指示書，整理好乘務員清冊，也很關心小平等司機的健康管理狀況，為了絕不讓小平睡眠不足而適當地安排他們輪班。你的一整套策略就是，當小平順利執行計畫並且成功後，你和你的公司並不會被追究到任何責任。」

沉默了半晌，高瀨以不可思議的神情看著犬養。

「這麼做犯法嗎？」

「沒有。」

犬養輕輕搖頭。

「你所做的，既不構成業務上的過失，也不符合教唆殺人。就算你自己表明有殺害多多良的動機，這個殺機也不會被制裁，因為法律能夠制裁的，只有行為而已。」

犬養刻意語帶懊惱，但高瀨沒冷笑也沒得意，只是看著犬養。

「法律不能制裁殺機……的確呢！為了賺錢就不把別人的性命當回事，這和殺機很像不是嗎？可並沒有法律可以制裁。就在十年前，讓廢水任意排放出去的那個人所做的，不就是這種事嗎？」

語氣極為輕描淡寫。

「被害的人家有四十二戶，有二十五人死亡，這全都是一個人造的孽。他是害死多條人命的殺人魔喔？但法院不認定這是犯罪行為就什麼刑也沒判。如果你的推理是正確的，那麼我只是模仿那個人的行徑罷了。」

犬養窺視高瀨的雙眼。就瞳孔來看，他的心情並無波動。

「你是犬養先生吧？你看過鋁合金工廠排出的廢水嗎？」

「沒有。」

「是紅色的。」

彷彿看見那顏色般，高瀨的視線定在空中的一點。

「比紅土的顏色更紅……就像鮮血混進泥土的顏色。是除了鉛以外，含有高腐蝕性毒物的紅色的水。那紅水污染河川後，河裡的生物全都死光了，而農家引用那條河川的水來灌溉，結果農作物也全死光了。那紅水還非常臭，從那時候起，我光看到紅土，就好像聞到那股惡臭一樣。」

然後，視線終於回到犬養身上。

「身為公司人員，我也到了車禍現場去。多多良整個人被拋出去，屍體落地的那個地方，剛好岩壁上的紅土沖刷下來，形成一條紅色的河流，簡直跟我看到那工廠的廢水一模一樣。」

「你想說那是遭天譴嗎？」

「不是，那人的確是被人恨死的！」

「你沒想過多多良也有家人嗎？」

「我只是模仿那個人。那個多多良也根本沒把人家的家人當回事啊！」

「這下你高興了吧？」

「沒有。」

回答得很冷淡。

「我造了和多多良一樣的孽，所以也會墮落成泯滅人性的魔鬼。你想我會高興嗎？我也一定不得好死吧。」

再也無話可說了。

犬養不發一語地打開辦公室的門。

離去前回頭一瞥，見高瀨坐在廉價的辦公桌前，如雕像般動也不動。

黑色之鴿

1

雅也自殺至今，剛好一個星期。

東良春樹透過教室窗戶，凝望著操場上雅也撞擊的那塊地面。那天，在那個地方，躺著雅也歪七扭八的屍體，沒什麼出血，只有頭部下方一灘血漬，那情景至今仍烙印在腦中。

「那個……」

回過神來，希美正站在身旁。

「我了解你的心情，但不要再自責了啦！」

正在地上啄食的鴿群中，有一隻是黑色的。對了，是誰在電視上說過，也有黑色的鴿子。

「你是他唯一的好朋友，心情可想而知，但雅也要是看到你現在這個樣子，一定很難過的！」

「我是他唯一的好朋友，卻保護不了他。」

春樹苦笑著。

「我是最差勁的朋友了！」

聽到這話，希美頓時表情糾結，立刻把頭低下來，一個勁地捶打春樹的胸膛，喊道：

「該死……那個混蛋……絕不原諒……」

誰？問都沒問。

保富雅也從日澤中學的屋頂跳下來那天，是六月十日星期五。就在中餐時間結束之前，他切斷掛在禁止進入的屋頂入口上的鍊子，在眾目睽睽下縱身一跳。

當場死亡。

轄區的高輪警察署立即出動到現場採證。無人目擊當時屋頂上的狀況，但現場沒有打鬥痕跡，而且雅也跳下來的前一刻，還在媽媽的手機裡留下像是遺言之類的話，因此高輪署判斷只是單純的自殺事件。

然而，事件並未因此落幕，至少對日澤中學的人而言，事情不過才剛開始。

關於雅也的死，校方當初是以意外事故處理，但包括春樹在內，多數學生都明白事實並非如此。

接著，事件發生的第二天便舉行全校集會。一開始由校長岩隈信夫說明事件始末，並一再叮嚀「希望大家心情不要受到影響」、「保富同學好像是為了家裡的事煩惱」、「好奇心至上的媒體要是來採訪，千萬不要理他們」、「各位如果有任何煩惱，請務必找導師談一談」後，有學生舉手了。

是春樹。

「我覺得您錯了！」

「……什麼意思？」

「我和雅也同班，所以很清楚。雅也不是為家裡的事情而死的，他是在學校受到霸凌，是因為受不了才自殺的！」

「沒根據的話不能亂說！雖然調查還沒結束，但我們學校並沒有霸凌這種事，保富同學其實是因為家庭問題……」

「我也覺得您說的不對！」

稍遠處傳來一個女生的聲音。

「就是有霸凌啊！」

然後一發不可收拾。

「叫我們不要理會採訪，這是什麼意思？是不想讓別人知道有霸凌這種事嗎？」

「雅也一直被一群人霸凌，八神老師應該知道！」

不論岩隈校長再怎麼否定，接二連三地，親眼見過雅也遭霸凌的學生紛紛舉手，最後演變成大家七嘴八舌全在責怪校方的態度，集會因此失控了。沒料到學生會如此反應激烈，岩隈校長倉惶地宣布散會，從講臺上逃下來。

儘管校方一副息事寧人的態度，但聽到學生說法的家長們都站出來講話。要求對事件說清楚講明白的電話和電子郵件蜂擁而至，當中也有直接對學校發飆的家長。校方被排山倒海的責難聲逼得沒辦法，只好針對霸凌這件事對全校進行問卷調查，但結果遭來更多非議，因為後來大家發現，這個集全校五百二十名學生的問卷結果並不公開，而且事件當天的經過也未向教育委員會報告。

慌了手腳的岩隈校長企圖善後，於是去找雅也的父母商談。不過，他根本搞錯了善後和明哲保身的分際，竟然愚不可及地向雅也的父母提出：「希望將雅也同學的死當成意外事故。」雅也的父母當然憤忿不平，隔天便向高輪署遞出被害訴狀，也因此媒體才知道雅也的死以及校方隱匿霸凌這件事。

「好了啦！你們最好趕快忘記保富的事！明年就要考高中了，為這種事浪費時間會害到你們自己喔！」

八神站在講臺上以輕鬆的口氣說完，教室氣氛立即騷動起來。

這一個星期來，學生對岩隈校長帶頭的教職員們多麼地想自保、多麼地狡猾，全都看在眼裡，而且導師還是個白目到家的笨蛋。

權威和信賴感一旦跌落谷底，就會遭到徹底蔑視。而自己的權威已經如空氣般無足輕重了，教職員們居然還連這麼簡單的道理都不懂。

頭一個發難的果然是春樹。

「那種話，去跟雅也的爸媽說啊！」

八神驚愕得眉毛上吊，似乎想說什麼，卻被來自其他學生的聲援砲火猛攻。

「把我們當白痴啊?!八神！你跩個屁！」

「說什麼我們要考高中要怎樣怎樣，你有資格說嗎?!」

「雅也的事，想早一點忘記的人是你自己吧！」

「差勁鬼！」

「快滾回去寫辭呈啦！」

教室裡嗆聲四起！八神拼命想控制場面，但他已經威信掃地還不自覺，早就沒有學生要聽他說話了。

接著，春樹又補了一槍。

「我聽雅也說了！他找你談過被霸凌的事，結果你叫他忍一忍就沒事了，還說如果受不了就乾脆轉學去吧！你是不是說過這種話?!」

春樹明顯地火上加油。

「什麼嘛！這！」

「原來，對雅也見死不救的人是你！」

「你居然還敢到學校來！」

「快去死啦！混帳！」
「殺人犯！」
震耳欲聾的罵聲翻天，教室瀕臨一觸即發的狀態。似乎感到情況不妙，八神丟一句「自習！」後，立即拔腿奔離教室。權威掃地者的逃難窘狀真是難看！
聲討對象逃之夭夭後，部分學生終於鎮靜下來，空氣中微蕩著興奮與憤怒的餘溫。接著，所有人的目光慢慢集中到一名男學生身上。
集目光焦點的是影山健斗，他瞪向周圍每一個人，鼻子發出哼氣聲。全班個子最高且身手敏捷的健斗，光坐在那就很具威嚴。
「這下不用上課了，好耶！」
笑著口出狂言。
「雅也那傢伙還算有點用處嘛，真是死對了！喏，對吧？」
這時，希美從座位上站起來，一副找人幹架的模樣走近健斗。就在此刻。
「喂，你們看！那個！」
坐在窗邊的男生一喊，大家一齊看向操場。
儘管沒有鳴笛，但一看就知道是偽裝警車，一共四輛陸續橫停在大門口。表示警察前來強制搜查了。

緊接著，學校廣播要春樹他們班於放學後留下來向警察說明案情。這下原本盤問別人的人變成要被人盤問了，學生們倏地騷動了起來。

「大家不要慌！」

一片混亂中，希美站出來制止大家。

「這樣不是剛好嗎？就讓警察知道，把所有事情全都說出來吧！反正跟學校說什麼也沒用！」

然後，一名男生不安地插嘴進來。

「可是，那我們也會被問罪不是嗎？」

「我們會有什麼罪？」

「那個……明明知道卻假裝不知道的罪……」

聽到這句，希美整個人宛如雕像似地僵在那。知道自己說出了爆彈般的話，那名男生也同樣僵住不動。因為他們意識到，明知霸凌，明明看見卻佯裝未見，那自己不就跟八神犯同樣的罪嗎？

教室裡瀰漫著沉重、尷尬的氣氛。

「呵呵呵！」

健斗以嘲笑打破沉默。

「你們知道嗎？聖經裡有一句話：『你們中間誰是沒有罪的，誰就可以先拿石頭打她。』❾」

說完，健斗仍吃吃笑個不停。他本來功課就不錯，即使口才沒有手腳俐落，但此刻他比任何人都要辯才無礙。

並非全班都由同一人來聽取案情，而是分散在五間特別教室進行的。

緊張兮兮的春樹一進入教室，便看到坐在正中央一名看起來約三十五歲左右的男子。看到男子的臉，春樹不由得困惑，因為這男子五官深邃、相貌堂堂，宛如明星般的長相，和春樹想像中的刑警模樣相去甚遠。

「我是警視廳的犬養。」

「我是二年A班的東良春樹。」

「我不會把你吃掉，你可以放輕鬆點！」

聲音也意外溫和。果然現實和想像是不同的，春樹暗吃一驚，然後依對方的指示坐下。

---

❾出自〈約翰福音〉第八章第七節。

「我聽說了，你是死去的保富最要好的朋友？」

「我們從一年級起就同班，會一起看喜歡的漫畫、打好玩的電動……」

「關於霸凌的事，他有跟你說過嗎？」

春樹便把方才在教室說的內容全都告訴犬養。

「這樣啊！那麼，你知道霸凌保富的傢伙是誰嗎？」

「呃……是不是有保密義務？我們也適用保密義務吧？」

「啊，你們的話，當然更適用了！請放心，你在這裡所說的一切，絕不會洩漏到警察以外的地方去！」

「可以保證嗎？」

「好慎重啊！是不是有什麼害怕的事？」

「不光是我，其他同學也都希望你們能徹底遵守保密義務，不然的話，大家就沒法放心跟你們說了。」

犬養雙手抱胸，哼了一聲！

「是班上有恐怖大王嗎？好吧！我保證！那麼，那個恐怖的來源是什麼？是暴力還是權力？」

「兩個都是！」春樹直直盯著犬養。

「我們同班的影山健斗，他爸是都議會議員，另外還有二個小嘍囉。」

「都議會議員。原來如此，是這個原因啊？」

「所以老師們都怕他爸，也都沒辦法教健斗。」

在此之前，犬養一直認為父親的權勢大到可以影響孩子，這種事只會出現在故事中，因此當春樹這麼一說，犬養也不由得驚訝起來。反正只要成績不差就沒問題了，正是抱持這種態度，從校長到所有老師，對待健斗的方式始終曖昧不明。

「告訴我霸凌是怎麼回事。」

春樹便從去年發生的事依序說明。

起初，雅也似乎也是健斗那一夥的，因為他們四人經常玩在一起，但沒多久就變成三個大哥與一個小弟的關係了，從使喚雅也跑腿開始，接著出現揶揄、謾罵、幹譙、恫喝等言語上的虐待，到後來就變成身體上的暴力了。

例如，出手直接巴下去或是用捅一下、戳一下來代替打招呼，聲稱是考驗耐力而用煙蒂燙人也成了家常便飯。還不僅是身體上的痛楚，甚至讓雅也在女生面前暴露下體、吐他口水、強迫他舔馬桶等，污辱的手段無所不用其極，即使折磨到雅也痛哭流涕也不放過。待雅也受盡了身體上的痛苦和屈辱後，健斗開始向他勒索。也不知從哪學來的，居然用保護費的名義，簡直比流氓還要惡劣！

一開始是勒索一千圓、二千圓，不久就以萬為單位了。當雅也的存款餘額變成零後，就命令他去偷父母的錢。結果，雅也進貢給健斗的金額，恐怕高達到四五十萬吧！能搾取的就搾到一滴不剩，最後，健斗要求雅也交出最後一樣東西。性命。

每次一碰面，就放話要雅也去死。強迫他在眾人面前練習上吊或投河。還命令他在一長排死法清單中選一個喜歡的方式。

到最後，雅也整個人看來虛脫殆盡，早就沒了反抗的氣力，甚至健斗講什麼，他只能虛弱地點頭而已。

然而都到這種地步了，導師八神仍然一句話都沒說。不，豈止如此，他根本就和健斗他們沆瀣一氣地嘲笑雅也的淒慘。為人師表更不必說，即便只是個普通人，都要唾棄這種惡行才對。可是，連學生們也全都未對此事加以指責，如此以旁觀者自居的他們，也犯了同樣的罪不是嗎？

人人心中都暗自有個默契，若是介入得不高明，下一個犧牲者就是自己了。而且，大家也不約而同認定，到了下一學年，這場鬧劇自然就會消失。他們絲毫沒想到死神已在周遭虎視眈眈。不，是連想都不願去想。

如今才終於明白，學生們之所以對岩隈校長和八神敢怒不敢言，是因為若不如此，就將惹禍上身。

春樹全部說完後，犬養吐了一口長氣，啐道：

「……混蛋！」

2

警察對學校進行強制搜查後不久，家長會便得知消息而立即要求校方召開臨時會。平常參加人數連一半都不到，這一天家長們卻幾乎到齊而擠爆整個體育場。

在這種場合下，岩隈校長仍然醜態畢露。從雅也跳樓到遭強制搜查的經過，完全以一副事不關己的口吻敘述，而且還聲明目前仍無法確定有無霸凌這回事。說到這裡，一開始就騷動不安的氣氛更加惡化了。

「自從我到本校上任以來，從未發生過霸凌這種事，這次我仍有信心，相信不過是學生們吵吵架而已。當然，目前仍在調查中，不過我請各位家長能夠冷靜以對，並由衷拜託媒體朋友能夠謹慎發言……」

「等等！」

話說到一半，一名男性家長出言打斷，但無人制止。

「你說的這些，跟我女兒說的大不相同喔！我女兒說，霸凌的內容是誹謗中傷，從人身傷害到出言恐嚇全套都來，而且導師八神也默認了。」

「那不是事實！有可能是學生們彼此開玩笑瞎說的，因為這起不幸才剛發生，總有學生愛吹噓胡鬧……」

「說什麼鬼話！哪裡胡鬧了?!」

岩隈校長意識到自己失言時已經太遲了。這段不慎發言立即引發星火燎原。

「全校集會當天，我女兒一回來就臉色蒼白地哭出來，這是哪裡胡鬧了！」

「我孩子也不信任學校了，還直嚷著要轉學呢！」

「我們家的也是！」

「八九不離十吧！如果真的沒有霸凌這回事，為什麼導師八神沒到場？」

「呃，八神老師昨天身體不舒服……」

「為人師表，就別裝病！」

幾位家長情緒激動地跳出來講話，岩隈校長則是滿頭大汗地舉手制止。

「大家安靜！請先安靜下來！體育館外面有好多家媒體等著，要是被他們聽見這吵鬧聲就不好了……」

「岩隈校長，這樣好嗎？」

粗野的喊聲令全場安靜下來。

白髮蒼蒼的家長教師協會會長慢慢站起來。

「聽起來，你好像很在意那些媒體，幹嘛那麼怕呢？不管你怎麼看，這都是很嚴重的事，不然家長們也不用假日還來這裡啊！如果麥克風堵到面前來，照實說不就得了！」

「媒體對這種事只會小題大作，而且會全部亂寫一通，這樣會讓學生們更加不安！」

「不安的是你們吧？」

「啊？什麼？」

「學校發生霸凌，還有人自殺了，這會讓教育委員會乃至文科省⓾產生不良印象，結果你們就可能遭到降職或減薪，不管怎樣，都是身為公務員的致命污點不是嗎？」

話一說完，校長和在場所有教師全都表情一致，就是被戳到痛處而愁眉苦臉。

⓾文科省：全名為文部科學省，是日本中央省廳之一，負責統籌日本國內教育、科學技術、學術、文化及體育等事務。

「我因為工作關係，經常和公家機關的人接觸，所以清楚得很。當有什麼醜事發生時，當要負什麼責任時，公務員總是立刻開溜，還溜得像風一樣快呢！老師也是公務員，現在一定拼命想溜想躲吧！」

「沒那回事！」

「也許是我個人的偏見，我認為你們既是公務員，同時也是神職人員。像老師、醫師、牧師這種師字輩的工作，最大的價值就是幫助迷失的人。哪有拋棄這個價值而假裝不知道的！如果你們為了自保而隱匿事實的話，那這件事就不能再交給學校處理了。站在家長教師協會的立場，我認為必須交由客觀的第三者委員會來調查。」

「但、但又不是發生什麼犯罪事件……」

「有！罪狀再明顯不過了，是殺人！」

館內再度因這危言聳聽的發言而氣氛緊張。

聲音的主人是一名婦女。

「我是受害者雅也的媽媽，我叫保富雅子。前幾天，我和我先生到高輪警察署提出傷害、竊盜、恐嚇，以及有教唆自殺的嫌疑等告訴，因為這是事實。」

語氣凜然中帶著悲愴。岩隈校長和家長教師協會會長都靜默不語。

「警方已經問出了學校壓下來不說的事，讓我們感到相當安慰。不過另方面，我也同時感到身心俱裂啊！每天每天只要一想到我兒子所遭受到的霸凌……真的、太冤枉太冤枉……」

哽咽得說不出話了。

「……對、對不起……學、學校應該是讓孩子們盡情享受青春時光的地方，我怎麼也想不到竟會成了人間煉獄！雅、雅也是個很乖巧的孩子，他受到那樣淒慘的霸凌，還跟我們說是跌倒受的傷，就是不想讓我們擔心啊！都把雅也逼死了，哪有不追究責任的道理！那些孩子是用看不見的手把雅也推下去的！這很明顯是蓄意謀、謀殺……」

此時，一個冷酷的聲音響起。

「別在這裡丟人現眼了好嗎？」

人們認出說話者後，全都吃了一驚，因為站在那不可一世地睥睨著雅子的人，就是健斗的媽媽影山真須美。

「從剛才我就靜靜地聽妳說，沒想到妳竟敢滿口胡說八道，簡直像在喊別人的小孩是殺人犯了！我也仔細問過我兒子了，他說他們只是鬧著玩的！」

「只是鬧著玩……」

「我兒子的臂力很強，所以稍微出點力就會讓人覺得是故意很用力。至於說什麼使喚人好幾次，那不是在玩國王遊戲嗎？那是遊戲規則啊！遊戲規則……」

「那、那妳的意思是說，他們只是單純在玩而已?!」

「當然是！因為雅也和健斗他們本來就是玩在一起的，所以，就像一開始校長說的，這只是個意外事故，再說，你們家庭也有問題不是嗎？」

「那是殺人！」

「妳這人怎麼這樣，毫無根據就說我們家孩子是殺人犯，真是太無恥了，我要反過來告妳毀謗！」

「我有證據！」

「哦？什麼證據？」

「雅也在跳樓之前，打電話到我手機。他說，媽，我給妳惹麻煩了，真對不起！他的後面有人！」

「胡說！」

「那是男孩子的聲音。雅也整個人癱瘓似地向我道歉，他的後面有人說：『喂，快點！』這、這表示那時候用看不見的手推下雅也的人就在那裡！」

「妳是說那個人就是我們家健斗？妳能斷定那是健斗的聲音嗎？」

真須美粗魯地從家長群中擠出來，氣勢凌人地逼近雅子，雅子也不甘示弱地擺出迎擊的架勢。於是，制止兩人的人、口出穢言大罵真須美的人，還有跑上講臺高喊公布警察調查結果的人、阻止這一切的老師們，整個體育館隨即陷入大混亂中。

＊

『為您播報新聞。這起懷疑是否因校內霸凌而造成自殺的事件，該區的教育委員長改口表示無法斷定該中學確有霸凌行為。不過，日前校方對全校進行問卷調查，所回收的統計結果遺失後至今仍未尋回，這讓相關人士更加起疑。』

「太恐怖了啊！」正在收看晚間新聞的爸爸嘆氣說。

「連教育委員會都是非不分，想把事情搓掉，全都卑鄙下流到極點了！」

第一次聽到爸爸說出「卑鄙下流」這字眼，春樹嚇了一跳。

不過，這字眼用在出現於電視上的教育委員長臉上，真再適合不過了。灰白的頭髮未梳理，顯得邋裡邋遢，面對鏡頭那諂媚的眼神讓人一見就討厭極了。

「這種臉，你看清楚了，春樹！」

爸爸邊說邊指著畫面上的教育委員長。

「事件剛發生時，他看起來還那麼有威嚴而且從容有餘，但現在只剩那副衰相了！你知道為什麼嗎？」

「為什麼？」

「因為他的威嚴全是頭銜堆出來的！經過一連串報導，大家已經發現他隱匿霸凌的事實，所以他每狡辯一次，頭銜的光環就剝落一次，最後剩下的那副衰相其實才是他的真面目！」

「是啊，你說的沒錯呢！」

媽媽插話進來。

「岩隈校長還不是一樣！每次在電視上看到他，都是那副沒品的嘴臉！」

春樹也有同感。這次是教育委員長單獨上電視，但最近校長一起亮相的畫面也不少。自從全校的問卷調查結果遺失，但後來慢慢發現，其實是因為全體教職員承認有霸凌事件存在的緣故，岩隈校長就變得面目可憎了。

這也是理所當然的。就在十天左右之前，大家還校長長、校長短地尊敬他，但每天每天被媒體修理後，校長待在學校時就盡遭學生白眼了。寫真週刊也用他來當作信用掃地的教育者的代名詞，這些媒體還刻意刊登出他最難看的照片，就是要加速拖垮大家對他的印象。

「聽說家長教師協會會長所協調出來的第三者委員會，已經很快有動作了？」

「嗯，那位會長人面相當廣，一下就找好律師和警察退休人士了，他們會盡快重新對全校展開問卷並調查案情。聽說包括校長在內，老師們個個如坐針氈呢！這次會和警察聯手，相信要不了多久就會破案了！」

「場外還在爭吵不休嗎？」

「說是爭吵不休，其實幾乎都是影山那邊在打游擊戰罷了！他的訴求好像是說他們兒子是背黑鍋的、是受害者，但是，只要警察鎖定那些犯罪的孩子不就結了！」

「……我覺得要徹底解決並沒那麼簡單！」

「為什麼？」

「所謂霸凌，就是暗巷裡孬種勒索孬種的行為啊！所以只要有強者和弱者，就一定會有霸凌！這不是現在才有的，在我那個時代就有了啊！也就是說，不論經過多少年，霸凌這種事是不會消失的！」

「你這麼說是沒錯啦……但這次只要校長或是八神老師受到處分不就好了嗎？」

「該怎麼說呢……霸凌這種事隨時隨地都會發生，所以只要老師和教育委員會中有人認為碰到這種事能躲就躲，那麼霸凌就不可能絕跡！」

「春樹，你還好嗎？」

媽媽突然擔心地問。

「你沒被霸凌或霸凌別人吧？」

「唉呀！我的個性妳也知道嘛！這次為了雅也的事我是比較活躍些，但我原本就是不愛出風頭的人啊！我這種個性，不會害人也不會被害啦！」

「這樣就好……」

『另一方面，文部科學省已經感受到輿論，並對教育委員會的處理方式表示憂心，因此聲明近日即會展開調查。下一則新聞。最近在東京都內發現到很多原本應該棲息於小笠原諸島的鳥類，對此，專家……』

3

一到校就看見操場角落有個眼熟的身影。是那位好像叫作犬養的刑警。

「刑警先生，你在做什麼？」

「喔，是你啊！在做調查。」

犬養注視鋪著柏油的地方，那正是雅也跳樓後的陳屍處。

春樹忍不住問：

「那個……」

「嗯？」

「警察一定會把犯人抓起來吧？那個……把雅也害得那麼慘的那些人！」
「你知道他們犯罪的內容吧？」
「聽說雅也的媽媽告他們傷害、竊盜、恐嚇，還有教唆自殺。」
「嗯，這些也是學生們最主要的證辭內容。一旦有了犯罪內容，就會逮捕疑似嫌犯的人。」
「但是，我聽說國中二年級不會被判刑。」
「未滿十四歲的話，在法律上不會被視同成人，所以不會關進監獄，但依家事法庭的裁決，有可能進感化院。」
「幹了那麼卑劣的事，處罰才這樣而已啊？」
「關於少年事件處理法，每當有這類事件發生時，就會有提出要加以修正的聲音。雖然適用年齡已經下修了，但之後還是會有適用年齡以下的孩子犯下嚴重的罪，簡直沒完沒了！」
「這樣喔？好奇怪啊！」
春樹氣憤填膺，因為健斗的生日是八月，才十三歲，可健斗的惡劣行徑，不該只是送到感化院而已啊！
「但聽雅也的媽媽說，健斗故意逼人在屋頂上的雅也趕快跳樓，這不能證明嗎？」
「嗯，因為沒有目擊者啊！不過是有可信度的。從前要自殺的人通常會留下遺書，現在則有手機，很方便。所以說，要跳樓之前打電話給媽媽，這情形在現在的孩子身上是可以理解的，再說，其實我們還發現一個跡象，就是在屋頂上的不只雅也一個人。」

「有那種跡象？」

「就是進出屋頂的門啊！你上去過那屋頂嗎？」

犬養瞅著春樹的眼睛說。

「沒有啊！那裡是禁止進入的，而且掛著掛鎖啊！」

「那屋頂上有空調的室外機，一年當中除了廠商上去保養一次，誰都進不去。而且沒有柵欄很危險呢！所以雅也拿了技術家庭科教室裡的老虎鉗，把鎖剪斷後進去。當然，鎖和老虎鉗，還有內側的門把上都有他的指紋。到這裡都沒問題，問題是外側的門把。」

「外側的門把？」

「有擦掉指紋的痕跡。那道門有彈簧，按理說打開後會自動關上，就要跳樓的人沒必要去碰，更何況雅也也沒理由擦掉自己的指紋。」

「啊，我知道了！也就是說，除了雅也，健斗他們也在，他們要離開屋頂時抓過把手！」

「嗯，抓了把手後意識到指紋，就慌張地擦掉，這是目前最合理的推論。」

「……怎麼想都覺得好殘忍啊！」

「我也這麼認為。所以不管他是小鬼還是什麼的，一定要叫他贖罪！就交給我吧！」

「但是，進感化院總覺得懲罰太輕了，都逼死一條人命了！」

「進感化院是不是等於刑罰，這點目前的意見還很分歧。倒是出現了這種想法，你知道再犯率嗎？」

「從監獄出來的人又再次犯案的機率。」

「根據最近的調查，整體的再犯率是百分之四十二．七，如果只算從感化院出來的人，就是百分之三十九。所以說，即使法律再怎麼嚴刑重罰，會回去坐牢的傢伙還是會回去的。」

「那刑罰不就沒意義了？除了死刑以外。」

「再犯率在四成以下就有意義了。換句話說，會有四成的人還是會繼續為非作歹，無法改過向善，這四成的人到死都不會變成好人，不，是無法變成好人！」

犬養語帶無奈地說。

「你們這種年齡還不能體會吧！平凡地活下去，這件事本身就很不容易、很了不起了！而且正因為平凡，所以能和其他很多人分享喜怒哀樂，能夠享受美食，夜晚能夠放心熟睡，每天都安穩地過日子。但是，犯罪的人就沒法這樣了。他們會不斷想起自己犯下的罪，因為不會被原諒，所以日復一日夜不安枕，這才是對無法改過向善的人真正的懲罰！」

聽完，不覺毛骨悚然。

花園四周一如往常，鴿群們在地面上忙碌啄食，犬養平靜地俯視牠們。

「你們就像這群鴿子。」

「鴿子？」

「在一定的社區裡，好友成群結夥地啄食，這是和平的象徵沒錯，但當中有黑色的鴿子，即便動作都和其他白鴿沒兩樣，但明顯就是羽色不同。」

那的確是個偶然。

週六中午前，春樹外出購物，途中經過健斗家附近。以往他因為討厭碰上健斗，總是繞道而行，可自從雅也發生不幸後，半是為了偵查，他會刻意選擇這條路。

往健斗家方向不知為何騷動起來，人根本過不去。然後發現他家門前停了警車，外頭圍上十圈二十圈人潮。仔細一看，有人拿著數位錄音機，也有幾個電視臺的攝影師，他們手臂上都套著標示出局名的臂章。

當下心領神會。

來了！

春樹不自覺地奔向人潮。

「住手！你們要對我兒子做什麼？」

是健斗的媽媽吧！拔尖的嗓音從家中傳出。

「太太，請冷靜！」

「你們憑什麼帶走健斗？他又沒、又沒做什麼壞事啊！」
「我們有話要訊問他本人。」
「我先生是都議會議員喔！你們知道還敢這麼做嗎？我要跟他說，把你們這些人通通炒魷魚！」
不一會兒，大門打開，人影一出現，守候多時的相機便齊按快門。約數十台相機吧，齊按快門的聲音如豪雨般猛烈。
健斗被兩名狀似刑警的人左右架出家門，後面則是被其他刑警抓住的健斗媽媽。
健斗滿臉氣呼呼地，但走到了陽光處，便看出他臉色蒼白，一見大門前聚集了黑壓壓的人潮，他瞪大了眼睛。
見到相機大陣仗，右邊那名男子立刻用自己的上衣蓋住健斗的臉。常看電視新聞便曉得怎麼回事了，就算不這麼做，十三歲嫌犯的臉也不可能上電視或報紙。春樹覺得根本沒用，但胸悶氣憋的感覺一下解脫了。
「影山同學，你對保富同學有什麼道歉的話要說嗎？」
「你後悔嗎？」
「你爸知道你幹的好事嗎？」
切進人潮中，春樹屢被好奇心與偽善的渦漩推來擠去，仍奮力將身體塞進大人之間，好不容易走到健斗面前。

「我是他同學，請讓我過去！」

健斗吃驚地看著春樹。一定是春樹的表情相當嚴峻吧！二名刑警並未阻止春樹的大膽靠近。

「你來幹嘛？」

都到這種時候了，健斗仍拉不下臉。

「特地來笑我的吧？」

「我才不想笑你！」

「那你是來報你麻吉的仇嗎？哼！你要真那麼在意，幹嘛不保護他?!光看什麼都不做，你也一樣有罪！」

「說！你為什麼要霸凌雅也？」

似乎沒料到會被這麼問，健斗皺起眉頭思考了一下，然後不吐不快地說：

「為什麼？不就好玩咩！」

臨走時丟下這麼一句。

健斗被兩名男子架上警車後座，回頭看向這邊時，表情有一剎那哭也似地扭曲了。

「健斗！健斗!!」

媽媽從大門衝出來，疾追上去像要拖住警車一般，然而馬上就被甩在後頭了。不一會兒，警車拋下媽媽與媒體陣容，消失於道路盡頭。

影山健斗與另兩名輔導員成為當日的頭條新聞。由於未成年，部分電視臺的處理態度謹慎，但多數對於嫌犯是都議會議員之子，警察猶能堅決採取輔導手段而暗加讚賞。強烈抨擊雅也所受到的霸凌內容以及校方的隱匿做法，即等於對警察的行動做出好評。

健斗為現任議員之子這件事，不難想像將成為調查的障礙，但警方表示，由於學生們的證辭相當多，加上開出死亡診斷書的醫師也判斷，雅也身上的多處毆打傷是暴力行為所致，因此決定採取輔導措施。

當然，這種程度的進展，媒體是不會滿足的，他們的獠牙立馬咬向學校及教育委員會。岩隈校長和教育委員長在鏡頭前深深鞠躬，可為時已晚，他們甚且不知，在不對的時間道歉，反將引燃熊熊的虐待心理！

由於健斗遭逮捕，之前兩人不斷強辯「絕沒霸凌這回事」等於公然說謊，現在那副窘樣看來活像個可悲的小丑。而落井下石正是媒體專利。連日來的道歉記者會中飽受砲火攻擊，兩人臉上愈來愈不見血色。被要求回應的文科省話也說得相當重，已經確定不必等到明年四月異動，就會對兩人做出處分了。

此外，關於導師八神後來的事，某寫真週刊也做了詳細報導。自臨時集會當日起即行蹤不明的八神，竟在四谷三丁目的變態酒吧被拍到放浪行徑。他的大頭照早就在網路流傳開來，而目擊到他進入變態酒吧的人在推特上的推文，就變成了獨家新聞。即便是個人興趣，為人師表耽溺於此，終究招來非議，這傢伙早晚必會遭到處分的。

對健斗他們來說，交到法官手上後，嚴酷的日子終於開始了。春樹也是從報上得知，健斗他們除了霸凌雅也之外，還曾經傷害他校學生，也屢次在商店街偷竊。他那身為都議會議員的老爸就算威光再旺，也已掩蓋不住愈查愈多的罪狀了。

接下來，主要演員便陸續從舞台上消失了。

然而，事情不會就此結束。

4

自事發以來，春樹與希美的關係一下親近起來，就在健斗被捕的三天後，兩人一起出校門時，又遇到那個人了。

「犬養先生……」

「啊，等你呢！」

「等我？為什麼……？」

話未說完，手腕就被抓住。

咔嚓！

銬上手銬。

「東良春樹，我以教唆自殺的嫌疑逮捕你！」

聽見身旁希美大吸一口氣的聲音。

「……這、這是在開玩笑嗎？」

「那天和雅也一起上屋頂，催他跳下的人是你！」

「太扯了！我是雅也唯一的好朋友，怎麼可能……」

「就因為你是他唯一的好朋友，所以我知道時也嚇了一大跳！而且，健斗什麼罪都認了，就是否認那天跟雅也一起上屋頂。」
「那傢伙說的話哪能信！」
「但你說的更不能信！那天在操場，我問你是不是去過屋頂，你立即否認對吧？」
「對啊！因為我真的沒去過！」
「我很會看穿混蛋傢伙的謊話喔！」
犬養搔搔鼻頭說。
「你說這話時眼神閃爍不定，所以我判斷你是未經思考就回答。」
「無聊！你憑那就說我在說謊嗎？」
「你可以不相信我的特殊技能，但科學調查的結果就不得不信了吧！因為健斗的聲紋不一樣！」
「聲紋？」
「我故意不跟你說，其實雅也最後打到他媽媽手機裡的那通電話是留言。那時他媽媽手邊有工作所以沒接。如果他媽媽接電話的話，一定會拚命阻止他自殺，那通電話就會講很久才對。而且，被錄進去的聲音中，的確背後有『喂！快點！』的說話聲，可聲紋分析的結果，和健斗的聲紋不一致。」
「那為什麼會是我？又沒查我的聲紋！」

「所以我要帶你回署裡鑑定！只是我還有其他理由，可以說明那天和雅也一起到屋頂去的，除了你之外不會有別人！」

「什麼理由？」

「鴿子的糞便。」

春樹不明白犬養的意思。

「……呃？」

「事發那天是星期五，我到現場看過後就馬上申請鑑識。花了星期六日兩天，才終於把全校學生和教職員共五百六十八人的室內鞋鑑識完畢。結果發現只有兩個人的鞋底沾上鴿子糞，就是雅也和你。因為屋頂上全是糞便，根本連站的地方都沒有，所以我認為你去過現場。」

「這太瞎了！鴿子糞便也會掉在操場不是嗎？我鞋底的也許是在操場沾到的啊！」

「操場上確實有鴿子糞，但和屋頂上的完全不一樣！」

「鴿子糞不就是鴿子糞！」

春樹愈說愈激動，相反地，犬養愈說愈冷酷。

「……最近，你有看過混雜在白鴿當中的黑色鴿子吧？」

突然被這麼無厘頭一問，但春樹還是莫名其妙地點點頭。

「你沒看新聞嗎？那種黑色鴿子俗稱鴉鴿⓫，是一種原本棲息在本州中部以南的鳥類。不知道是每年夏天持續高溫，或者是地球暖化的關係，牠們的棲息地向北移動，最後就來到了東京。鴿子本來就有集體行動的習性，沒想到牠們就在學校的屋頂上築巢了。而且鴿子還有在固定地點便便的習性，所以屋頂上才會滿是鴉鴿的糞便。」

「那又怎樣，不都是鴿子的糞便嗎？」

「那可不一樣喔！鴉鴿的主食是山茶科植物的種子，或是北美矮栗樹的果實，和在操場上常見那種普通鴿子的飲食取向不同，那麼當然消化排泄出來的糞便成分也就不同。雅也和你的室內鞋底沾上的，都是這種鴉鴿的糞便。在雅也剪斷門鎖之前，誰也沒辦法到屋頂上去，所以你的鞋底會沾上那種糞便，除了在那時候之外，想不出還有其他可能。」

這樣啊?!

難怪當時有一群黑色鴿子映入眼簾。原來牠們是這麼回事啊！

突然回過神來，才發現不覺間希美已和自己保持相當距離。那眼神宛如看見無法看清真面目的妖怪似的！

「學校應該是個讓人免於受到肉體和精神霸凌的、絕對安全的地方才對，可在你們學校，雅也只相信你一個人而已！就在他瀕臨崩潰時，你這個他唯一信任的人，竟然建議他死亡才是輕鬆的解脫，你說他會怎樣？於是他連可信任的判斷力都沒了，在你這位好友的循循善誘下，他拿著老虎鉗到屋頂上去。打給媽媽的最後一通電話是留言，而且就在留言時，最要好的朋友還催促『喂！快點！』……完完全全被孤立的雅也，此時除了往下一跳，別無選擇了。長期以來裝子彈的是健斗他們，但扣下板機的是你！」

「春樹……為什麼？」

「你率先譴責健斗和八神老師，其實這也是你的障眼法。誰會想到出面為好友討公道的你，竟然是個背叛者？但是，你為雅也討公道也不全是假的。同學們為雅也的死而自責不已，所以你完全知道如何煽動他們最好。健斗和八神老師，乃至於企圖隱匿霸凌事實的校長，恐怕對你來說，看著他們毀滅掉的樣子，就跟逼死雅也具有相同的意義吧！」

希美突然跑開了，連叫她都來不及。她頭也不回地逃離春樹而去。

唉，算了！

原本打算膩了後就玩弄她的。

「混進白鴿中的黑鴿……這是在指我囉？」

「放心吧！現在你要去的地方全部都是黑色的。」

「唉呀呀！再犯率那段話，其實是對我說的？」

⓫鴉鴿：即黑林鴿，學名COLUMBA JANTHINA，為鳩鴿科鴿屬的鳥類，分布於日本南部島嶼、南抵琉球群島、硫黃群島、小笠原群島以及中國大陸的山東等地，多棲息於多林小島上的稠密常綠林間。該物種的模式產地在日本。

「只不過，待在那裡的黑鳥們，並不是像你這種鳩鴿科的鳥，而是凶猛的烏鴉群，他們絕不容許外來種闖入的。所以今後你會是吃人還是被吃，就心驚肉跳地迎接充滿冒險的每一天吧！」

犬養突然使勁拉起手銬。

「好痛！……我是國中生，不能被原諒嗎？」

「你已經十四歲了！完全符合刑事處罰的對象年齡。找不到可以原諒的理由了。」

被帶走的途中，一度回頭望向校舍，發現有幾個人正從教室窗戶看著自己。

「能不能告訴我一件事，為什麼要對雅也那麼做？」

春樹沉思了一會兒。

在地獄深淵痛不欲生的雅也。

從天上垂下一根繩子。

雅也欣喜若狂地抓住繩子，爬上來。

自己則滿懷仁慈地眺望那幅情景，突然，繩子斷了。那一剎那，看到雅也因絕望而扭曲的表情，一股射精似的快感貫通全身。這種感覺，該怎麼對這個人說呢……

啊！對了！正確答案健斗不是說了嗎？

「為什麼？不就好玩咩！」

白色原稿

1

比方說，街頭巷尾有具棄屍，過兩天人們便忘了，然而，那若是名人的屍體，好奇心將持續一整個禮拜。所謂有名，就這麼回事！

因此，當藝名為篠島拓的搖滾歌手櫻庭巧己的屍體被發現時，各家媒體全都暗自雀躍吧！一時，聊演藝圈八卦的節目和週刊，都不愁話題了。

雖然死者為大，但死後，一些不願公開的隱私，偏會被搬上檯面說三道四。這也算是一種名人稅吧？——犬養俯視那屍體，萌生同情。

發現地點是在港區高輪四丁目。那是東京都內屈指可數的高級住宅區，屍體如沉睡般橫躺在公園旁的長椅上，發現的人之所以能判斷出死者並非睡著，是因為胸膛上深深刺進一把刀。

雖然才一大清早，然而時序已進入八月上旬，儘管陽光看來溫煦，仍炙人灼灼，可那具屍體卻完全冷冰冰的。由於外頭氣溫高，御廚驗屍官瞥了一眼屍體，即知得有一番折騰才能算出死亡推定時間了，因而發起牢騷。

「但，這是在引人注目的地方用引人注目的方式殺了一個引人注目的傢伙啊！」

同行年輕刑警的這番嘀咕，全聽進犬養耳裡。

「你在繞什麼口令啊？」

「不是啦！因為這個叫篠島的歌手，不久前還拼命露臉呢！嘿，聽說他還拿了個老是造假的新人獎之類的！」

平時沒在關注演藝新聞，但犬養對這事有印象。

篠島拓是一名二、三十歲的搖滾歌手，得過一個叫「VIVRE大獎」的新人文學獎而在文壇嶄露頭角。老天眷愛地賜予他多項天賦，起初，他以年輕新銳作家之姿頗被看好，但隨著小說內容未獲書評家青睞後，他的發展就不對勁了。有人批評，這種劣等的小說根本不配得獎，也有人暗指，得獎是事先內定好的，總之，風言風語不斷。

即便如此，話題畢竟會帶動話題，得獎小說《變遷》的預約訂單紛至，加上出版社強力促銷，結果銷量突破百萬冊。但問題隨之而來，正因為是暢銷書，看過內容的讀者，反應便更為惡劣。於是，原本內定得獎的質疑，幾乎已被大眾認定，書評網站上盡是惡評如潮。

飽受非難的不只作者篠島本人，出版社「VIVRE社」遭到比篠島更嚴厲的抨擊。由於得獎獎金高達三千萬圓，共吸引一千二百名夢想踏入文壇而投稿的參賽者，然而出版社卻無視這些人的才能與努力；再加上，所謂新人獎，其真正意義在於發掘新的人才，但這家出版社的做法顯然更重視行銷，因此大大惹人反感。此外，出版社強迫書店接受責任銷售制，如此一來，書店將自行承擔退書壓力，這也是招致非議的原因之一。

最可悲的是篠島。處女作出版後馬上要拍成電影，而且是由自己擔任導演，於此同時，第二部作品正在構思中，在在令他意氣風發；然而惡評如潮後，他便低調下來了。處女作沒多久就堆滿了二手書店，且惡評還在持續中，終於讓他失去寫作動力。不但第二部作品的出版計畫無疾而終，最後連他本人也消聲匿跡了。

然後，發生了殺人事件。媒體見獵心喜的模樣不難想像，為此，犬養無奈地悄悄嘆息。被凶手刺殺後，又被媒體瘋狂毀譽，形同遭二度殺害。另方面，由於有非特定多數的藝人被視為潛在關係者，恐怕調查範圍不得不擴大，對調查人員而言，再沒更棘手的了。

不過，犬養的擔心到頭來只是杞人憂天，因為發現屍體的三個小時後，就有一名自稱嵐馬周戶的男子前往轄區警察署，到案聲明自己就是凶手。

嵐馬周戶。三十四歲，失業。這個名字是筆名，駕照上寫的本名是荒島秀人，但他要求大家叫他嵐馬周戶。

「不叫這個名字，你會不舒服是嗎？」

「我不姓荒島，也沒有失業，我叫做嵐馬周戶，是有名有姓的作家明日之星。」

負責偵訊的犬養懶得和他周旋，就由他去了。反正對犬養而言，只要最後在筆錄上簽名按印的是本名就行了。可話說回來，總覺得嵐馬連在偵訊室這樣特殊的場所，都討厭使用本名呢！

「殺死篠島拓的人是我！」

嵐馬劈頭便挑明了說。由於供辭太叫人錯愕，一般不會就這麼照單全收，但是，那把被視為凶器的刀子，上頭的指紋的確與嵐馬的完全一致，因此又不得不相信他的說辭。

「我昨晚在篠島家附近徘徊時，碰巧看見他躺在公園的長椅上。」

問及為何在篠島家附近徘徊，嵐馬表示他一直以來都在跟蹤篠島，並打算伺機行凶。

「你跟他有仇嗎？」

「都是那傢伙的關係，害我當不成作家！」

嵐馬毫不諱言。

「我也參加了VIVRE大獎，要不是篠島用那種卑鄙的手段，絕對是我拿獎的！」

包括篠島和嵐馬在內的八個人進入最後決選，嵐馬認定自己的作品絕不比篠島的差。為慎重起見，犬養特別上VIVRE社的網站確認評選過程，的確有嵐馬的名字，但連佳作都沒入選。

「說穿了，就是只要決定由篠島獲得大獎就行了，其他的都無所謂啦！證據就在VIVRE社的那些混蛋到現在都還不公布入選佳作的作品。我特地到VIVRE社要求他們在網站上公布是不是會出版進入決選的所有作品，卻吃了他媽的閉門羹！可見他們是存心不想讓人知道篠島的《變遷》比我的《幽玄森林》爛多了！」

聽起來，就是對落選的自我辯護，然而嵐馬似乎深信不疑。

「這是我花費一整年的畢生大作吔，就這麼被白白糟蹋了！絕對不可原諒！所以我要給那傢伙一點教訓，就一直跟蹤他，然後找機會下手。」

「你一開始就打算殺掉他嗎？」

「沒有。我原本是要正大光明地勸他歸還這個大獎，跟他說他的小說比國中生的作文還差，拿刀子只是要嚇嚇他而已，沒打算殺他。」

「但是，現在那把刀正深深插進篠島的胸膛裡啊！」

「看到那傢伙躺在長椅上貪睡的樣子，就突然忍不住了……我因為沒拿到大獎，就被父母當成笨蛋，而那傢伙不過小有名氣，就賺到了榮耀而每天悠哉悠哉！天底下哪有這種事？」

作為殺人動機，這番說辭實在幼稚到家，但內容本身倒無矛盾之處。既然事先就把行凶用的刀子帶在身上，便難以否認殺意，如此一來，辯護律師應該相當傷腦筋吧！犬養問完該問的話後，就結束當天的筆錄。

接著，犬養前往篠島的住處。出來應對的是妻子櫻庭香澄。香澄似乎尚未從喪夫的打擊中恢復過來，面對犬養的質問，她時而望著上空。從客廳可以看見廚房的水槽，裡頭待洗的碗盤堆積如山。會這麼亂七八糟，是香澄太懶了吧！

「我先生……篠島這陣子的確天天酗酒。好不容易得獎了，書也大賣，但讀者的反應完全超乎想像，從此就一蹶不振了！」

篠島在踏進文壇之前，和所屬的公司起糾紛而遭解雇。既然無法從事歌手活動，又無法提筆寫作，除了借酒澆愁，還能如何？

「都是在外面一家喝完換一家嗎？」

「不是的，在外面的話，旁人的眼光很煩，所以只在家裡喝。」

香澄說著指向酒櫃。一看便明白了，酒櫃裡各式各樣的燒酒琳瑯滿目，而且桌上還有一個玻璃杯。

「妳先生是燒酒掛的！」

「嗯，因為對身體不錯，就都喝加冰塊的燒酒，沒喝別的。」

「那個玻璃杯是昨晚妳先生用的？」

「嗯，昨晚也是喝我調的燒酒，後來下酒菜沒了，他就說要自己去便利超商買……因為我已經卸妝了不能出門。」

犬養要將那個玻璃杯當證物帶走。湊近鼻子一聞，有股淡淡的柑橘香。

「我大學時是篠島的歌友會會長，所以得到額外的好處開始跟他交往，畢業後我們就結婚了。可是婚後，他覺得當歌手的未來很不穩定，他以視覺系出道，同一輩的競爭對手實在太多了，於是他心念一轉，決定以作家身分重新出道，還意氣風發地說，這是篠島拓的再出擊……」

香澄突然打住不說了。他們結婚才兩年，一直過著沒有小孩的小倆口生活，此刻的心情可想而知，犬養便不再過問。

「妳先生得獎的事，有很多負面傳聞。主動到案的那個嫌犯也說對妳先生懷恨在心，這些事妳聽他提起過嗎？」

「沒有。我只知道從前年起他一直在寫東西，直到他得獎了，我才知道他在寫小說。殺我先生那個人的事，也是剛剛你說了我才知道的。」

犬養窺視香澄的表情，但完全無法判斷是否在說謊。

「我能去看看妳先生工作的房間嗎？」

香澄帶犬養進書房。寬敞的空間中有兩面牆是書架，架上幾乎全是雜誌與漫畫。東邊擺設類似紅木製的厚重書桌以及真皮座椅，桌上只有一部電腦。果然，之前就曾聽說，現在的小說家早就不用手寫，絕大多數都使用電腦了。

犬養打開電腦。是本人專用的關係吧，無需輸入密碼，畫面立即出現了。

突然，「變遷　第二章」這個標題跳出來。想必是處女作的續集。中央出現「您要將變更儲存至變遷第二章嗎？」這則警告文字。按「取消」後，畫面上的文字只剩下右側的標題而已，從這行字起向左，連一個記號都沒有，整片空白。

只有標題的原稿。

光看這畫面，不論是否真有寫續集的意志，反正是一行都沒寫。當然，也有可能是寫了又寫還是不滿意而刪掉的。

嘔心瀝血完成的處女作被批評得一文不值，寫第二本的壓力肯定相當沉重。凝視那純白的原稿一會兒，便覺得篠島的憤懣與苦惱似要從那畫面滲出來般。犬養也將這部電腦當成證物帶走了。

接下來，犬養前去拜訪 VIVRE 社。篠島的責任編輯叫日下康介，一見就予人快活的好印象，但眼鏡後蠢動的眼珠子則顯得陰險。或許是因為進入了決選，日下對嵐馬的事也印象深刻。

「因為早就內定好了所以自己得不到獎……會這麼想的參賽者還真不少呢！唉呀，那都是他們的幻想啦！」

日下立即撇得一乾二淨。

「嵐馬是個投稿常客，好像五年前就持續參加 VIVRE 大獎了吧？」

「那麼早啊！所以他認定沒有篠島的話自己就會得獎，也不是完全沒道理囉！」

「太扯了！」

日下用力搖頭。

「就算是參賽常客，他也是這回才第一次進入決選，之前都是一次就被刷掉了啊！不，老實說，這次進入決選的其他作品也都不優，所以他只是湊數而已。內容就是收集了一堆法醫學知識、耍耍噱頭的推理小說罷了，全無原創性，也毫無商業價值。這樣的東西怎麼可能被選為佳作，就算沒有篠島，他也絕不可能得到大獎的！」

「據嫌犯的說法，一開始篠島就被內定得獎了，其他名次都是隨便唬弄的。」

「自己沒才能，就通通推到運氣不好和評選制度上，一再逃避現實，到最後就變成被害妄想症了！世界上有各種想一步登天的人，這幫傢伙在藝文界尤其多到爆啊！」

日下突然以批評家的口氣說。

「歌唱得好的人以當歌手為目標，畫畫得好的人以當畫家為目標，這是理所當然的，但在藝文界，這套完全行不通啊！就有文法不通的、組織能力差的、人物也設計得亂七八糟的人，寫了五百張、一千張稿紙後若無其事地寄過來。是以為我們說日語就會寫日語小說嗎？完全搞錯了！」

「搞錯了？」

「投稿的人當中，有八成都犯這樣的錯！說來好笑，一旦經濟不景氣，投稿參加藝文新人獎的就一下爆增。反正又不花本錢，搞不好還能大賺一筆呢！評選作業從預讀開始，這是非常辛苦的差事哪！有些尼特族⓬的腦袋裡全是些不著邊際的空話；也有被裁員的老爹一字一字勤懇地寫出自己的半生自傳；也有才讀了幾頁就令人作嘔的！這類作品的參賽人中，特別有這種莫名其妙的被害意識，嵐馬應該就是這種典型！」

好毒舌啊！在犬養的認知裡，新人獎就是發掘具有潛力的新星；就主辦單位的立場，其中應該有能為出版社創造利益的金雞母才對，可日下的措辭充滿了侮蔑之情。

「結果，投稿參賽的人幾乎都討厭寫小說到不行！」

「咦？」

不由得反問回去。

「小說太費工了，他們都能不寫就不寫，於是把參加其他獎項落選的作品，無恥地投到不同的新人獎去。他們只是想要作家的身分地位罷了。把現在的自己當成過去式埋起來，然後以作家之姿大擺架勢，全都是這樣的貨色！」

日下凝視虛空中的一點。這個小動作是說話者意指某人時的特徵。

犬養明白了。

「你剛剛說這次參賽的作品都不優，意思是最後進入決選的其實只有篠島的《變遷》囉！」

被指明出來，日下的臉刷地脹紅。

「所以就是如傳言說的，篠島得獎是內定的吧！我聽說決選的評審並不是現役作家，而是

⓬尼特族：英語為NEET，全稱為NOT IN EMPLOYMENT, EDUCATION OR TRAINING，是指一些不升學、不就業、不進修或不參加就業輔導，終日無所事事的青年族群。

由貴公司的人擔任。如果這樣的話，評選結果不就反應出貴公司的意圖了嗎？」
「沒這回事！」
日下瞪著犬養說。
「評選過程極為嚴謹公正，我們是真心認為《變遷》值得奪得大獎才頒獎給他的，就這樣而已。」
犬養窺視著日下。當日下瞟向犬養時，犬養一回眼，日下便幾乎不著痕跡地往上瞧。這一瞬，洩露出日下所說的並非真心話。不過，或許不是說謊，也很可能是場面話，以公司人員的立場，這在容許範圍內吧！
那雙警戒心畢露的眼神，突然溫和了下來。
「只不過，這回結果發生了這種不幸的事，而且真的沒想到變成加害者和受害者的那兩人都和我們公司有關。篠島正雄心壯志地創作下一本小說，卻半途喪命，嵐馬對文學充滿熱情只是誤入歧途。為了告慰他們，我們公司決定將之前的《變遷》以文庫本重新出版，並會同時發行《幽玄森林》。」
犬養啞然失聲。竟然要同時出版殺人事件中的被害人及兇手雙方的作品！
果然是對機會敏銳、無孔不入的商業頭腦啊！此時，犬養想到一句最貼切的話——
天上掉下來的錢，快撿！

2

回搜查本部的途中，犬養到大型書店想找本《變遷》來看，但連一本庫存都沒有。果然是百萬本銷售一空啊！犬養抱著敬佩之情詢問，不料女店員苦笑著回答：

「才不是呢！開賣後兩個月就沒再賣了！」

「可是妳說兩個月，不就表示庫存的全都賣光了嗎？」

「嗯，差不多啦！因為會買這本書的客人，都是平常不太讀書的！」

這很能理解。每本書都有固定的購買群。換句話說，要成為一本暢銷書，肯定要連平常不買書的人都去買了才可能。

「最近，名人書或者評價差的藝文書，都會馬上拿到二手書店去。像《變遷》這種書，在上市當天的下午就出現在大型二手書店了。我們也不想賣這種上市當天就淪落到二手書店的書，但這是工作沒辦法，還是得賣啊！」

似乎語帶埋怨。

「這是我們內部的事啦，就因為《變遷》這本書，我們店員中有好多人都好討厭VIVRE出版社呢！你知道責任銷售制嗎？」

犬養一點頭，店員便潰堤般滔滔不絕。

「簡單說，就是他們認為這本書一定大賣，就要我們全部買斷。但這種做法太過於上對下了不是嗎？本來出版社和書店應該是共存關係才對的！而且這種要求也太粗暴了！事實上，不少大型書店都為《變遷》的大量庫存而急得跳腳呢！但因為責任銷售制的進貨價是定價的四成，所以不能隨便退書。到了存貨盤點時，雖然會再次跟出版社交涉，但在那之前，全都堆在倉庫裡啊！所以，被惹火的各書店叢書負責人就互相串通好，把 VIVRE 的書全都退回去了。說穿了，就是報復責任銷售制啦！」

這算是人微言輕的店員們的消極抵抗吧！聽到這種對抗方式，總覺得怪可笑的！

「但是，VIVRE 社的人比我們要厲害多了啊！你看，上個月颱風，岡山的那些離島不是受災嚴重嗎？結果 VIVRE 社送了一大堆 VIVRE 叢書到受災地點去，還說是『送愛心到受災地！』笑死人啦！明明就是把包括我們退回去的那些在倉庫長眠的書來個大清倉而已，還說得那麼好聽！重點是，人家那裡正為沒水沒食物而發愁，你卻送書過去，這是什麼跟什麼啊！我想拿到那些書的鄉鎮長也傷透腦筋吧！」

接下來去大型二手書店，終於看到那本書了。同一個書架上排了二十本，封底標明定價是「一千四百圓加稅」，但上面貼的價格貼紙全都是一百零五圓。翻開版權頁一看，發行日期是去年十二月，換句話說，不到八個月，就以不到一折的價格賤賣了。

下殺到離譜的價格叫人吃驚，但看了內容更是瞠目結舌。犬養雖然對小說不在行，但這本書的表現低劣，根本不可能是文學獎的得獎之作。這種內容值三千萬圓的話，表示小說界已經發生超級大通膨了。

犬養也對 VIVRE 社進行調查，各界對它的評價也是嚴重崩盤。VIVRE 社原本是以出版童書為主，但隨著少子化而銷量銳減，這幾年都是赤字。出版社搞內訌，出版奧運選手的自述傳記時，因作者本人要求停止出版而鬧上法院等，在在影響大眾觀感。儘管《變遷》銷售破百萬本而收益豐碩，但只要想到累積的赤字再加上各界的負面評價，還是無法歡天喜地。不，因為《變遷》事件，聽說已有幾名社員遞出辭呈，此事果真，那麼結算下來就是虧大了！

嫌犯嵐馬周戶，本名荒島秀人，他所自白的動機，或許不全然是自我辯護──正如此尋思時，篠島的驗屍報告完成了，犬養一看，差點從椅子上摔下來。

因為，直接的死因是──凍死。

「在這正熱的八月天凍死?!明明就被刀子深深刺進去啊！」

犬養一追問，御廚倒顯得有點意外。

「哦？連堂堂的犬養隼人，都對這種事認識不清啊！」

「你在諷刺我？」

「發現別人的缺點真是大快人心啊！是搜查一課的王牌，那就更樂不可支了！話說回來，胸口上插一把刀，當然引人注目，只不過這個刺切傷並沒有引起生命反應，所以是死後一陣子才把刀子插進去的。」

御廚在身邊的椅子坐下來，以文件當扇子搧。

「人的體溫不論外頭的氣溫高低，絕對會保持在一定的範圍內。但自律神經要是失調，就不能進行體溫調節而會妨礙身體機能。換句話說，原因是出在自律神經失調，所以未必只在寒冷的地方才會凍死。比方說在盛夏的大太陽底下，只要條件充足，還是可能凍死的。凍死本來就看不出什麼特殊的跡象，不過在低溫下，血紅素和氧結合，氧血紅素的濃度變高，屍斑就會呈鮮紅色；同樣理由，左右心室的血液顏色也會有差；然後是，就算心臟的血液是流動的，但摘出後放著，就會凝固。況且，這次從其他原因也可以推測是凍死的。」

「什麼原因？」

「血液中的酒精濃度。通常，血液中的酒精濃度超過百分之零點一六，就叫做急性酒精中毒，我檢查這名死者的血液，發現是百分之零點四五，在臨床分析上，已經超過爛醉期了。」

「百分之零點四五……」

「酒精會讓大腦麻痺，達到一定的攝取量後，就會麻痺控制心跳功能的腦幹，嚴重的話，還會進一步麻痺掉維持生命的中樞部分。血中濃度一超過百分之零點四零，爛醉的人有半數會在一兩小時內死亡，否則就是行走困難、意識不清、說話顛三倒四，然後跌倒就爬不起來了。

攝取酒精會擴張血管，促進散熱，如果倒在公園的長椅上，就會身體不能動而開始體溫下降。」

依香澄的證辭，篠島這陣子每天都酗酒。這點符合御廚的見解。

「體溫下降到三十二度，自律神經就會開始麻痺而產生意識障礙和感覺遲鈍。下降到三十度，就會發生心房顫動之類而心律不整，如果下降到二十六度左右，就到達死亡的臨界點了。」

因為爛醉而凍死！這麼說來，不是命案，而是單純的意外事故。

「那，為什麼要在凍死的屍體上再刺進一把刀呢？」

「這就要問本人才知道了。」

所幸嵐馬還拘留在轄區警察署裡。犬養開車進高輪署後，立刻把嵐馬叫到偵訊室。

「想靠殺人出名嗎？」

被這麼劈頭直問，嵐馬吃驚地抖了一下。

「一做司法解剖就馬上知道不是凶殺案了，你這是演哪齣？」

「有那必要嗎？」

「刑法第一百九十條侵害屍體罪。對屍體、遺骸、遺髮以及墳墓內的物品，加以損壞、遺棄或盜取者，處三年以下有期徒刑。」

犬養唸給嵐馬聽後，他便垂下頭來。

「就算是三年以下的徒刑，因為是初犯，有可能緩刑。」

「所以，為什麼？」

「比方說，只要一出名，自己的作品就會被出版了不是嗎？憑著和得獎的篠島一樣出名，就可以像他那樣……你是這麼想的吧？」

「我怎麼有辦法想到那麼遠的事！」

「你投稿的是集結所有法醫學知識的推理小說，想當然，死亡推定時間和體溫變化的關係，還有生命反應，你應該都查得很清楚才對。這兩者是基本的。」

然後，犬養說了句讓嵐馬突然抬頭的話。

「告訴你一個好消息，VIVRE 社打算出版你那本《幽玄森林》。」

嵐馬的表情瞬間亮起來。

「啊、真的？」

「恭喜恭喜，太棒了啊！殺人凶手嵐馬周戶的處女作緊急發行！他們判斷目前出書的話很有賣點。但是，要讓這個出版計畫照預定走，得有方法才行！」

「……咦？」

「我會以你已經沒有罪嫌而立刻釋放你，當然，也會立刻通知 VIVRE 社，那個叫日下的編輯肯定要感激我了！總之，他會趕快停止出版已經沒賣點的書吧！因為即使《變遷》賣翻了，

VIVRE 社還是為長期的虧損而苦，日下這招及時風險管理，一定會深獲公司好評的。」

「別那麼做！」

「總不能無法無天一直拘留著無辜的人啊！」

「至、至少等到書出版好嗎？」

「你已經沒有待在這裡的理由了，該回去那兒了！」

「拜託！」

犬養欲拉嵐馬起身，但他牢牢抓住桌子不放。

「再等一天，再等一天就好！等我書出來後……」

「那，你應該知道該怎麼做吧！」

犬養壓低聲音說，嵐馬立即眼珠朝上看著他。那眼神活像被雨淋慘了的小狗。

「那天，我一直在網咖等到十點左右。我事先調查過，不到十點，篠島不會外出。那幾天，他都是一過十點就到便利超商去。」

於是，嵐馬當天也按照篠島的作息表跟蹤他。不過，偏偏那天，篠島躺在公園的長椅上。

「我要叫他起來，但一碰他，發現他早就全身冰冷而嚇了一跳。如警察你說的，我懂點法醫學的皮毛，所以知道他是幾個小時前死的。而那段時間，我人在網咖，有監視器錄影，剛好有不在場證明。因為人都死了，所以勒他脖子或用刀刺他，應該都不會構成重罪，所以我才說了那些謊。」

而設下那種騙局的動機，也和犬養指出來的一樣。

「VIVRE 社從前也出過獄中囚犯的手記，還成為暢銷書。所以我覺得和篠島扯上邊就能受到世人注目，那麼我也就能出道了。」

儘管答案都在預料中，但實際由本人口中說出，還是充滿了難以形容的突兀。

「的確不是重罪，而且緩刑的機會也很高，但，不能緩刑而吃上三年徒刑的可能性也並非零。如果這樣的話，那你就有前科了。出版處女作時，有前科很重要嗎？」

「難道不是嗎？」

嵐馬的口氣活像是，怎麼問這種用膝蓋想也知道的事！

「比起什麼壞事都沒做只在泥濘中打滾，當然是有前科的犯人變成作家要來得有噱頭多了！這還用問！」

「也許一開始會有人好奇而買書，但這種名人書之類的，應該賣不了多久吧！」

「篠島的書不是賣了一百萬本嗎！」

嵐馬大喊！

「那種程度低劣的東西都能賣，我的書一定更賣！」

「假設你吃上三年徒刑的話，該怎麼辦？雖然處女作出版了，但三年沒消沒息，很快就會被文壇、被讀者忘掉不是嗎?況且等到判決出來時,你已經不是個寒酸的小毛賊,而是個無名小卒了!」

「只要第二本再成為更棒的傑作就行了!因為我的出道方式這麼具衝擊性,所以大家一定都在期待我破繭而出!」

嵐馬愈說愈起勁。

「大型出版社會互相爭奪我的稿子。被我的處女作嚇破膽的讀者們,也會在書店爭先恐後買我的第二部作品。這麼一來,我就成為時代寵兒了!」

「你真的這麼想嗎?」

犬養壓低音量含糊地問。嵐馬默不作聲。不一會兒,雙肩開始不住顫抖。

「我已經問過評選狀況了。先不說篠島得獎的質疑,你真的有當職業作家的自信嗎?日下說了,來投稿參賽的人幾乎都是想要作家的身分地位而已,並不是真的想寫小說。你是哪一種?」

「……別說了!」

「三十四歲沒工作,熬不下去了吧!你想讓那些看輕你的傢伙重新對你刮目相待,你想讓他們覺得你和他們是不一樣的!但是,你沒有方法,沒有可以炫耀的舞臺,所以只能一直投稿。你不正視自己沒有才能這個事實,反正寫稿又不花錢,你就一直寫下去,然後又落選。即使一再落選，你還是不願從春秋大夢中醒來而繼續投稿，因為夢醒時分就得面對殘酷的事實！」

「不要再說了！不要再說了！」

嵐馬猛地趴在桌上一動不動。半晌，傳來猶似費力地發自內心的聲音。

「……你不說我也知道啊！那種事！不只我啊！會去參加那種新人獎的，一半以上都是這種人啊！但，這有什麼錯嗎?!」

「不是有錯，但我覺得如果把這樣的努力和熱情轉到其他方面，說不定會有別的成就。」

「就算有別的成就，要是平凡無奇那也沒用！如果不能讓人生整個大逆轉，就沒意思了！」

緩緩抬起來的那張臉上，宛如貼上一張迷了路的五歲幼兒的臉。

「就業失敗後，我就去當派遣員工，但經濟不景氣，第一個就被解雇了。從前，我一直認為我是獨一無二的，但事實完全不是這樣。這世上根本沒有哪個地方需要我，所以我……所以我……」

「不特別的話就不行是嗎？」

犬養知道自己說了也是白說。嵐馬病了，他得的是一種不會自己痊癒，也沒有特效藥的病；若放著不管，還會鯨吞蠶食掉自己的靈魂而步入歧途。恐怕罹患此病的人不只嵐馬，很可能已經蔓延到相當多人了，若日下的說法可信，那麼患者已經高達數千人了。

「每天同樣的時間起床、搭同一班電車，然後結束一天。薪水少的話還會被嫌東嫌西，即使這樣，還是得回家和家人一起吃飯。平凡地活著、維持平凡的人生這件事，比你想像的更不容易，其實每天都在戰鬥啊！還有人為此失去健康呢！你只是不願面對這種戰鬥罷了，你是認定自己沒有戰鬥能力而從陣前開溜吧！」

這不是一名刑警該對犯罪嫌疑人說的話，況且年齡只差一歲，但實在不吐不快。

「你的罪嫌從殺人改成侵害屍體罪。這件事會在記者會上公布。」

嵐馬狠狠瞪著犬養。

3

「那麼，侵害屍體罪是非常嚴重的罪嗎？」

日下面露不悅地問犬養。

「竊盜罪是十年以下有期徒刑，違反輕犯罪法⓭的話，會被拘留或罰款。以罰則的輕重來看，算接近輕犯罪吧！」
「輕犯罪！換句話說，就是隨地大小便那樣的芝麻小罪囉！唉，那算什麼！」
坐在接待室的椅子上，日下看著天花板。
「輕犯罪讓你覺得遺憾是嗎？」
「沒有啦！呃，絕沒那種事！只不過，那我就不得不改變出版計畫了！」
「為什麼？」
「這不是很明顯的事嗎？如果作者不是殺人犯，而只是單純違反輕犯罪法的話，讀者的興趣就會減半了。不，哪裡是減半，根本就是零。這樣子出版也沒用啊！」
作品的內容隨便都好——日下毫不掩飾的態度清楚說明一切。
「原本我估計和《變遷》的文庫本一起出版的話，應該會有相當的加乘效果。剛聽說這起案件時，我還被嵐馬的行動嚇一大跳，沒想到事情的真相只是毀損屍體而已，真是洩氣！」
早就說了，對這男人而言，嵐馬還真非得是凶神惡煞類的殺人犯不可呢！
「說到洩氣，篠島才叫人洩氣呢！被人仇殺的話還說得過去，居然是爛醉後凍死？太扯了啊！要是留下個遺書什麼的，還有點價值說！」
「你看過篠島書房裡開始寫的稿子了嗎？」
「開始寫的稿子？」

「只有標題而已。好像是要開始寫《變遷》的續集。」

「那本的續集……天，那本被攻擊得那麼慘，難道他完全沒有自知之明嗎？」

日下發出驚愕聲，但意識到犬養在場，便倉惶地撇開視線。

到這裡還佯裝不知，可就失禮了吧！

「前幾天你不是說，那是值得奪得大獎的作品嗎？」

既沒瞪眼也沒責備，只是視線固定在一處。不一會兒似乎撐不下去了，日下便嘆口氣。瞥了門一眼，確定是關著，便轉身面對犬養。

「警察先生，你讀過《變遷》嗎？」

「前幾天才剛讀完。」

「那我就長話短說。那樣的小說會以得獎之名問市，全是這家公司的營業方針。」

也許是卸下心防了吧，日下的表情整個鬆懈下來。

「原因就是我的前主管擔任出版企畫。有一天，他一進來就嚷著要不要讓篠島拓在文壇亮相。那時候，被公司冷凍的篠島拿著《變遷》的稿子到好幾家出版社去，但都沒人理他。當然，

⓭輕犯罪法：日本於一九四八年實行《輕犯罪法》，將危害社會或影響公共秩序的事項都定為輕犯罪，並設定罰款、拘留或二者同處的處罰。

這是正確的判斷。而說到我們公司，雖然主辦了好幾屆獎金三千萬圓的文學獎，但這幾年都是得獎人從缺，於是有人主張廢止。是利也是弊吧，儘管公司裡有反對意見，但社長一句話，就決定頒獎了！」

「包含嵐馬在內的其他參賽者怎麼能接受！」

「我也很同情他們啊！但，出版在成為文化事業之前就是營利事業啊！話說得好聽又不能當飯吃！」

「但這樣很惹人厭呢！」

「我們公司的社訓就是花錢也要惹人厭啊！」

自嘲的表情中有幾許悲哀。當然啦！會誇耀自己住的環境滿是污泥的，只有魚吧！

「其他出版社的很多編輯朋友也都在抱怨我們！說什麼你們公司這麼做，會讓別人誤以為其他新人獎也都是這樣子搞！真糟糕！喔，這跟我一點關係都沒有喔！在這出版界最不景氣時，後悔的話，也可以去好好做生意好好賺錢啊！」

「我對你有點改觀了！」

「蛤？」

「比起總把自己或自己的公司合理化的人，能夠好好認清現實的人才比較值得信賴。而且，能夠對自己或別人的能力做出正確的判斷，在工作上就會少出錯。」

「那謝謝你啦！」

「正是因為你能夠對人做出正確的判斷，所以你才能教唆嵐馬去殺害篠島。」

「……什麼？」

「嵐馬全都招了！他說他之前到VIVRE社抗議時，跟你談過話。你說要是殺害篠島的話，就能以驚動社會的方式在文壇出道了。真要追根究柢，是你慫恿他的！」

「混帳！」

「當然，這些話不帶有命令或拜託的意思，而是連口頭約定都稱不上的婉轉的誘惑。你要讓嵐馬盡可能精準地去發想。你是這麼說的吧！『篠島的那本小說之所以暢銷，是因為那傢伙是個名人，跟內容毫無關係。所以你只要成名，要出什麼書都很簡單。只不過，你要成名的話，沒幹點驚天動地的事是不行的！正因為這樣，不製造點假犯罪的話……』怎樣？是不是完整重現你當時的話啊？」

犬養倒背如流似地一口氣說完，日下則是一點一點染上不安的神色。

「這也是他的騙局！只想把責任全推到別人身上！」

「自己根本就沒殺人，還猛吹噓，這樣的人會逃避殺人的責任嗎？」

犬養牢牢盯住日下的眼睛，一刻都不放過。

「當然，因為嵐馬又沒錄音，所以無法在法庭上證明是你教唆他這麼做的。就算可以證明好了，這種話能不能算是教唆殺人都還不一定呢！總之，你大概不必擔心會被問罪吧！」

聽完，日下慢慢褪去警戒的神情。這男人的態度比說話要誠實多了，只要觀察他的舉止動作，連問話都可以省下來了。

「問這些，只是為了補強嵐馬犯下侵害屍體罪的罪嫌而已，你不必那麼緊張啦！」

「……我完全沒料到他真的去幹了！」

「認了嗎？」

「這只是咱們閒聊，就如警察先生你說的，我是對他說過如果要出名，就得做出類似犯罪的事才行。」

不明說殺人，日下的心機之深可見一斑。

「他的狀況和篠島是一樣的！就是把毫無營養的廢文商品化。如果不包裝得令人眼睛一亮是賣不出去的！嵐馬的情形就是越被輿論轟得滿頭包越好！」

「但這種投機的東西賣不了多久啊！」

「沒必要長賣啊！不管是篠島或嵐馬，都是用完即丟！反正別家出版社會去發掘真正的作家，而我們公司光利用別人培養出來的作家就行了。不管怎樣，剛出道的新人差不多五年就會被淘汰。我們公司的這種做法，還比較能活絡市場呢！」

活絡市場？——聽來怎麼有種與字面反義的蒼涼。為了一時的榮光不惜毀掉人生，想到這些人的未來，不覺心寒。

「就算這樣，我還是沒料到在書出版之前會事跡敗露……警察先生，能不能拖個兩個禮拜後再公布這件事？」

這下犬養真的瞠目結舌了。教唆殺人的人以及被教唆的人，竟然異口同聲說出同樣的話。

「好個手腳快狠準的生意人啊！只是，你還在這裡打著暫緩公諸於世的主意，但好像已經有別家出版社的手腳更快了喔！」

「咦？」

日下全身瞬間凝固了似。

「有家雜誌社準備對嵐馬做專訪喔！雖然不是要出版他的投稿作品，但會連同 VIVRE 社內部的事情當作獨家新聞喔！」

「開什麼玩笑！要是這麼做了……」

「沒錯！真要那麼做了，對 VIVRE 社的惡評就會搞得人盡皆知，你們就再也不能當個高高在上的旁觀者了！雖然不至被追究法律責任，但鐵定會被有識之士批得體無完膚！」

日下欲起身，被犬養一把按下去。反正，他能夠悠哉坐著的時間，也只有現在了。

「你們一直在利用媒體謀利，接下來就算被媒體逮到破綻大加利用，也沒什麼好抱怨的吧！」

4

「這麼說，我老公不是被殺死的？」

香澄用終於放心了的表情，聆聽犬養向她報告。

「妳好像比較安心了？」

「嗯，我覺得他不是那種會被別人仇殺的人啊！」

「就算不是被仇恨，也是被利用啊！妳聽 VIVRE 社說過要把那本《變遷》重新以文庫本出版吧！」

「是啊，那是再好不過的事，我便答應了。能讓更多讀者讀到《變遷》，我想這也是我老公的心願。」

「可是，說不定這個計畫要喊卡了！」

「咦？」

「如果妳先生不是死於凶殺而是單純的意外事故，那麼現在出版也沒意思了，聽說 VIVRE 社有這樣的想法。」

「怎……怎麼會因為作者的死法就改變書的出版計畫呢？」

「至少 VIVRE 社目前好像是這麼想的。」
「什麼出版社嘛！」
香澄毫不掩飾她的氣憤。
「利用人的生死來做生意……這樣子，篠島會死不瞑目的！」
「的確啊！」
「那、那家出版社根本不在乎篠島是死是活，只要書能賣錢就好，真有這種沒血沒淚的東西！」
「我同意！太太，這世上沒血沒淚的事早就滿街都是了，可意外的是，竟然就出現在身邊！」
聽犬養這麼一說，香澄以不安的口吻問：
「警察先生，你、你這是什麼意思？」
「我上回來拜訪妳那天，把妳先生之前用的那個玻璃杯帶回去了，妳還記得嗎？」
「嗯。」
「我湊近鼻子一聞，有股柑橘類的香味。我原以為是檸檬雞尾酒之類的，但妳說篠島先生只喝加冰塊的燒酒。後來經過鑑識，奇怪的是竟然驗出二種酒精和檸檬汁。」
犬養走近擺放燒酒的櫃子。

「兩種都是高濃度的乙醇，其中一種以糖蜜類為原料，另一種是以穀物為原料。以糖蜜類為原料的那種是這裡擺著的燒酒，正式名稱是甲類燒酒，而以穀物為原料的那種是伏特加。換句話說，那個玻璃杯裝的是燒酒和伏特加兩種酒。這就怪了，篠島不是只喝加冰塊的燒酒嗎？怎麼可能！而且，甲類燒酒的酒精大約三十六度，但伏特加卻高達九十度。」

無視香澄的手足無措，犬養將燒酒瓶一個個拿出來檢視標籤。

「不管怎樣，想趕快喝掛，就在燒酒裡摻伏特加囉！這樣酒精度就會一下爆增。雖然喝的是平常的一杯燒酒，事實上可是喝下三倍的酒精呢！只不過，那樣的話酒精味會很重，這時候檸檬就派上用場了。只要倒進檸檬汁，摻了伏特加的酒精臭味就會一下不見了！這是品酒人士的知識，但如果用在想讓人爛醉的話，就變成惡知識了！讓爛醉的酒鬼跑去外面，然後因急性酒精中毒而凍死，這也算是殺人手段啊！」

「胡說！就算再爛醉如泥，這個季節怎麼可能凍死！」

「唉呀，妳有所不知呢！」

犬養從懷裡掏出一張紙。

「這是幾年前報紙的縮小版。八月二十日，在某間大學裡，一名學生被大夥灌醉，待大家都走後，他就在路上凍死了。這個大學生所屬的研討班名單裡，也有妳的名字喔！對吧！香澄小姐，妳就是從這起事件得知在盛夏也會凍死的吧！」

香澄沉默半晌後，瞪大雙眼看著犬養。

「你又沒有我要凍死篠島的證據。而且，就算醉得再不省人事，在外面也未必會凍死。」

「沒錯，目前我只掌握到情況證據⑭，而且就算賭上可能凍死，也未必就有殺意，的確很難證明。不過，最近光有情況證據就做成有罪判決的例子越來越多了，檢方是不會放過起訴機會的！對了，還有一個！」

「還有、什麼？」

「就是妳先生一直使用著的電腦，是處在待機狀態。因為一打開就出現文章已經變更的警告，但畫面上卻只有標題而已，換句話說，之前存檔的文章被刪掉後並沒有再次存檔，所以這篇更改過的文章才會跑出來。」

犬養又拿出一張紙。

「被刪掉的文章是這個。『變遷並非季節的專利，時代與流行，也一如秋雲般變遷不定。在我身邊，妻子的態度正如此。昔日，妻子如陽光般溫煦，而今卻如北風般冰冷，簡直就是把溫度調到最強冷的冰箱似的……』

---

⑭情況證據：一種法律上的間接證據。指在偵辦刑案的過程，所掌握的令人產生合理懷疑的有關狀況。這些狀況可能是一件事、可能是一些話，在認定犯罪事實的證據能力上比較薄弱，只能作為旁證。

「嘖！」

這輕輕的咂舌聲，是妻子脫掉賢慧面具的聲音。

「妳沒有必要說出對自己不利的證辭，而我也不想從妳的談話中取得證據。只是，妳可以讓我知道為什麼妳先生會在得獎後的續作中寫出這樣的文字嗎？」

香澄只是抿嘴一笑。

「我是被篠島的才華吸引才跟他結婚的。他剛出道時的確光芒四射，只不過，當歌手靠的是虛有其表，於是轉換跑道出版處女作，雖然大賣，但也知道根本就不是寫作的料。我們暫時是沒有經濟上的困擾，可他變得天天買醉。我原以為他是一顆閃亮的鑽石，沒想到只是一塊石頭罷了。你不覺得我被騙慘了嗎？」

原來如此。對香澄來說，她認為她是詐欺的受害者。

仔細一想，這起事件的所有關係人都認為自己才是受害者。然而，犬養有不同的看法。

所有人都是加害者。

藍色之魚

1

「我說啊，阿亮你就是太不精打細算了，所以就虧大了呢！」

惠美的措辭方式依然沒變，老是不把長輩當長輩對待，不過，反倒令人覺得輕鬆。

「虧大了？不就辦張結婚證書而已啊！」

「可現在才九月！如果十二月再辦理登記的話，等於就可以把今年十二個月份的扶養親屬扣除額都賺回來喔！所以現在去登記太可惜了啦！」

「都賺回來？有多少？」

「以阿亮你的收入來算，差不多是八萬圓，喏，不是筆隨隨便便的小數目吧！」

八萬圓，確實不是一筆隨便的小數目。即便如此，由於帆村亮至今壓根未想過扶養親屬扣除額這回事，因此總覺得怪怪的。我要扶養人了——去世的雙親知道的話，肯定洋洋得意吧！

「所以，十二月辦登記，婚禮就明年再辦囉！都好啦！反正實質上我們已經是夫妻了！」

才一說完，惠美便溫柔地勾住阿亮的脖子。香水芳馨撲鼻。惠美的手臂猶如堅實的一道鎖鍊。一被套住，阿亮便毫無招架之力了。

三個月前，本橋惠美首次出現在阿亮經營的釣具店。店裡從竹製到玻璃纖維、碳纖維製的釣竿琳瑯滿目，佇立在釣竿一隅的惠美顯得不知如何是好。

妳要買什麼呢？阿亮以慣有的營業笑容迎上前詢問，對方輕輕說了一句：

「能釣魚的竿子。」

一問之下，她說她連在釣魚場將釣線放下去的經驗都沒有。再看一眼，女子穿著邊緣打褶的裙子，與其說要坐船出去釣魚，倒更像是要去表參道散步呢！

在選竿之前，還是先教她一點釣魚常識吧！於是阿亮決定先從適合釣魚的打扮說起。最近釣魚似乎悄悄蔚為風潮，可以看到一些年輕女釣客身影，不過當中也有人討厭穿救生衣而三兩下就丟竿不玩了。

從救生衣的尺寸要如何才算合身，到假餌的種類等等，話匣子一開，兩人逐漸熱絡起來。談話地點也從店裡改到餐廳，甚至到飯店開房間，全都沒多久就發生了。

已經四十五歲了，至今仍未談過一場心花怒放的戀愛，對阿亮而言，這無疑是遲來的春天，更何況對方還是個二十多歲的小臉美人。

起初，阿亮覺得這段戀情根本荒謬又不搭調。他每天早上從鏡中看到的，是一張顯得那樣老醜枯槁的中年大叔的臉。雖說「青菜蘿蔔，各有所好」，但會看上這種王老五的，只能說是口味怪到有古怪癖了。

即便如此，惠美還是對阿亮說，她覺得他很帥，失去光澤的皮膚和灰白的頭髮，都好性感。

阿亮困惑地向同齡友人求教，才聽說近年流行老夫少妻，與其選擇無經濟能力的年輕人，愈來愈多年輕女生寧願以中年人為結婚對象。這麼說來，惠美的心意就不難理解了。

回顧一路走來，自己的人生真是平凡到極點了。既無艷遇，也毫無令人稱羨的行情，才接下父親的這家釣具店不久，父母便雙雙過世，阿亮才想著自己的一生可能就是枯守這家店時，愛神竟然出現了。這種天上掉下來的禮物，來個一次也不錯啊！

「先不說那個了，明天不是要出船嗎？要去哪裡呢？」

「我想說明天乾脆出海去怎樣？」

「出海？」

「現在的魨魚正好吃喔！」

「魨魚？沒聽過呢！」

「魨魚有很多種，一般以剝皮魚最有名了！經常拿來代替河豚。這季節的魨魚，即使不會料理也比河豚好吃呢！」

「咦？比河豚更好吃?!河豚不是有毒，要有河豚料理執照才行嗎？」

「是啊，但魨魚就沒有毒，連內臟都可以沾醋直接吃喔！拿剝皮魚來說，就像牠的名字一樣，皮很容易就剝下來了，所以不會料理的人都可以輕鬆上菜呢！」

「你說不會料理的人，是指我吧？」

「哈哈哈！妳以為我會交給妳這個到現在還煮不到三條魚的人嗎？全包在我身上，妳只要等著看就行啦！」

「太棒了，我就喜歡這樣的阿亮！」

惠美突然撲抱過來，阿亮整個人倒在榻榻米上。

就在此時，門開了，是由紀夫。

「唉呀呀！阿亮！你們濃情蜜意沒關係，但幹那檔子事，在我這個老哥面前，還是稍微控制一下吧！」

「沒敲門就進來，真沒禮貌！」

惠美慌忙抽身，嘟起嘴唇抗議。但由紀夫沒半點過意不去的樣子，還一個勁地傻笑起來。

「雖這麼說，可我隨隨便便就闖進來，的確太失禮了，不好意思啊，阿亮！」

「你不向我道歉嗎?!」

「天啊！現在的情形是，要我向和我一直一起洗澡到那裡長毛為止的妹妹道歉是嗎？」

「性騷擾！就算我們是親兄妹，你這話還是性騷擾！」

「我是拐個彎祝福你們啊！怎麼會是性騷擾呢！」

由紀夫快活地大笑。

這男人比阿亮還小十歲，卻老成多了。儘管如此，還是沒忘記把阿亮當長輩看待，因此阿亮對他頗有好感。

由紀夫住到阿亮家，只比惠美晚一個月而已。他聽說惠美和阿亮同居後，就順便來打個招呼，但這「喜宴」一攤一攤連吃幾個晚上後，不覺間就住下來了。

就算是同居人的親哥哥，突然跑過來住下，還真令人為難。然而，由紀夫大剌剌的個性加上惠美很開心的樣子，阿亮也就不得不接受了，於是三人就這麼奇怪地一起生活著。

其實原因不僅如此。阿亮自己也漸漸覺得這樣的生活還不錯。先是母親，繼而父親也過世後，阿亮便一個人獨居。對享受過全家團圓之樂的人而言，孤獨根本是慢性發作的毒藥。在空自一人的客廳裡默默動筷子，連個說話對象都沒有，日復一日孤單入眠，空虛感便悄悄蔓延開來。這種不是看搞笑節目或買醉就能填補的空虛，正是培養負面情緒的溫床。

最後能夠填補這些空虛的，就是由紀夫和惠美兄妹了。阿亮本身也明白這點，因此還打心底感激，絲毫不覺得困擾。

「你們到底在說什麼好玩的事啊？」

「明天要出海去釣魚！阿亮要釣魨魚給我們吃！聽說這時候的魨魚比河豚還好吃呢！」

「哦？比河豚還好吃嗎？讚耶！」

「新鮮很重要啦！所以釣到後要當場處理，就在船上弄來吃吧！」

「喔喔，好奢侈啊！」

「也不是什麼奢侈啦，就是開釣具店勉勉強強還過得去的額外好處啦！啊，那就不吃早飯囉！我們直接到船上吃中餐吃個痛快吧！」

語出，惠美擔心地開口：

「沒問題嗎？阿亮！如果最後什麼都沒釣到，我們就會在船上曬成人乾囉！」

「對外行人的確很難，但這個季節要是釣不到魨魚，我乾脆把釣具店關了算了！」

阿亮故作生氣地說，由紀夫和惠美兩人對看，便吃吃笑了出來。阿亮見狀，更加深切體認到，自己要的就是如此無憂無慮的生活。

此時，店裡傳來聲音。

「喂！有人在嗎？」

光聽聲音就知道是誰了。阿亮強忍住嘆氣走到店裡。

「喲！」

店門口站著一個穿著邋遢、雙手插進口袋的男人。光那副德性就夠妨礙做生意了，而那三白眼加上稀疏的眉毛，讓長相更加難看。

「幹嘛？」

「幹嘛?!對自己的弟弟哪有這麼說話的！」

照之噘起嘴唇說。

「你好長一段時間都沒來，偏偏最近老是出現，我當然會懷疑你來幹嘛！」
「爸媽都死了，而且我又不是小孩子，哪能每天每天都回家裡來！」
「哼！爸媽都在時，還不是看不到你人影！」
「嘖！」
照之咂了一聲扭過臉去。當自知理虧時就不敢直視對方，這點依然沒變。
照之是差阿亮五歲的唯一弟弟。自國中起便素行不良，輾轉做了幾個夜間買賣後就加入了暴力集團。因此阿亮雖責備過他老不回家，但其實根本就不想再見到他。
比起親骨肉，還是外人來得令人輕鬆。不，也許正因為血肉相連，愛恨才會更為糾結。
「不論什麼時候來，店裡都像在放大假呢！真是倒不了的店啊！」
「要你管！」
「釣具店是薄利多銷的，反正靠著老爸在世時的老主顧，總是有辦法糊口吧！」
畢竟是自家生意，照之似乎也很了解實際狀況。
比方說，店裡有名人才會出手購買的高級竹製釣竿，也有最新材質的昂貴品，但大半都是花點小錢就買得起的釣具。只要店主喜歡釣魚，自然能跟客人交流，就會培養出老主顧，因此不會大賺也不會大賠，不論釣魚風氣夯不夯，都維持得下去。
「怎麼？現在對我們家的生意感興趣起來了？」

「哼！開玩笑！我覺得做這種生意無聊透頂！」

「那，你到底來幹嘛？」

「我今天會來，是為那兩個人！」

那兩個人，指的是本橋兄妹。

「這很正常啊！我們一直住在一起！」

「快把他們趕出去！」

「你到底想幹嘛……」

「不只跟那女的同居，還跟她哥哥！你怎麼會蠢到這種地步！這裡什麼時候變成免費民宿了？他一定是看上你的財產才混進來的！」

「我的財產？我的財產就只有這間小店面而已啊！」

「店面連同店裡的東西整個賣掉的話，可值不少錢呢！」

「流氓才會這樣想！」

「外行人就是壞心眼啊！流氓都知道凡事有個限度，不會這麼過分，但外行人要是不懂得分寸，就會做得太超過了！」

「閉嘴！」

阿亮抓住照之的手臂將他拖出店外，這是為了不讓裡面的兩人聽到照之說的話。

「混你們這種日子的人，不管是誰，在你們眼中都是壞人！」
「錯了！」
照之皮笑肉不笑地說。
「人人都是壞人，只是程度不同而已。」
「你這傢伙！」
「你從以前就是滿口仁義道德，大概不會同意我的話吧！人啊，不論誰，心裡其實都藏著壞心眼。像我們這種流氓的壞心眼還表現出來，不挺可愛嗎？就像招牌般一目了然！這是平常把壞心眼藏起來的外行人永遠做不到的。」
「不准你說他們兩人壞話！」
「那我就不說了！這家店的權利，屬於我的部分還我！」
「什麼？」
「只是辦個登記而已啊！這家店的房地產歸我！這麼一來，那傢伙就不會打你的主意了！當然啦，那傢伙離開這個家後，我再把房子的名字還給你！」
「這樣很怪呢！」
「你就相信一下我的話會怎樣？」
「要人相信的話，就做出點讓人相信的樣子來！」

「呿！」

照之邊說邊吐口水。

「你的所作所為還真是一點都沒變！跟國中時候完全一個德性！」

「這話原封不動還給你！」

「你可別後悔！」

「我的人生從不後悔！我又不是你！」

「我才沒後悔呢！因為我絕不守著這家釣具店終老一生！」

照之邊笑邊背過身去。

「我會再來！」

「別來了！」

照之瀟灑揮揮手，頭也不回地離去。阿亮望著他的背影，腦中迴盪起照之離去前丟下的話。

回到店裡，走進屋內，馬上察覺到氣氛不變。惠美和由紀夫都一臉尷尬地看著地面。

「我、我去泡茶！」

待不住似地，惠美找藉口離開。大概是剛剛和照之的談話內容全被聽到了吧！

「對不起啦，由紀夫！如果是聽到那些話，就請不要介意那傢伙的胡說八道啦！反正他就是個流氓啊！」

「不，該道歉的是我啦，阿亮！」

由紀夫像枯萎的花朵般，垂頭喪氣。

「其實我也知道我們兄妹一起搬來這裡住很不合常理，但就因為住得太舒服了……我啊，我做的是只要一支手機就搞定的跑腿代辦服務，也不需要辦公室，所以只想盡量陪在惠美身邊……唉，不行啦！這些都是藉口！」

「不要在意啦！」

「要是會給你添麻煩的話，我搬走好了！」

「一點都不麻煩啊！這裡本來就住著三個人，夠住的！」

「惠美就那個樣子，心智年齡比外表還小呢！我要是不在她身邊，總擔心她會闖出什麼禍來！」

平常總是泰若自然，可一碰到惠美的事便立即著慌起來，這點也是阿亮喜歡由紀夫的原因之一。

「你們兄妹感情這麼好，我只有羨慕的分了！你看我老弟那副德行，跟他有血緣關係實在煩死了！所以我盡量不想讓你們碰見！」

本橋兄妹和照之見面的話肯定會出事，因此必須避免。

「我和惠美結婚的話，他就更難進來這個家，也會更難爭奪這家店，所以才會在這時候想辦法來爭產。」

「可是，他說他還會再來吧！」

「再來的話，我也不會讓他踏進門檻一步！」

「因為我們的關係搞得你們兄弟鬩牆，真是過意不去啊！」

「我們又不是現在才鬧翻的，你就別太在意了啦！」

「阿亮，這樣真的可以嗎？」

由紀夫以認真的眼神盯住阿亮。

「惠美就是那種個性，不懂得瞻前顧後就自己跑來這，還以女主人自居，雖然這樣，可你眉頭都沒皺一下。」

「這又沒什麼！」

「結婚登記和婚禮日期也都是任由她決定。」

「婚禮上新娘才是主角，新郎只是陪襯的而已啊！」

「保險的受益人也是惠美。」

「這是我同意的。」

「她很快就會騎到你頭上囉！」

「這不是夫妻婚姻圓滿的祕訣嗎？」

一來一往對話後，由紀夫立即笑逐顏開。

「阿亮這樣的人真是太難得了啊！那個、我說啊，你真的不覺得是被惠美釣到了嗎？」

「我一直都是釣人家，偶而被釣一下也不壞啊！」

「偷木乃伊的人變成木乃伊了？」

「我才沒釣過乾屍呢！」

最後，由紀夫笑了出來。

「我啊，阿亮，這下我對惠美刮目相看了！」

「為什麼？」

「她老是做錯這做錯那的，但選中阿亮是她唯一做對的事！」

「喔，謝謝你囉！」

「我這邊，要是工作上了軌道就馬上搬走，我想就是這一個月左右吧！」

「不必那麼急嘛！」

「總不能老住在人家新婚家庭裡，我好歹也是個堂堂男子漢啊！」

此時，惠美從拉門縫隙裡探出頭來。

「呃，氣氛恢復了？」

說著，鬼靈精怪地坐到阿亮身邊。

「惠美啊！妳總是一碰到麻煩就開溜啊！」

「可是，察言觀色不就是哥哥的長項嗎？反正我在場也完全幫不上忙！」

早就知道惠美是個怕麻煩的人，相反地，由紀夫倒是喜歡溝通並確認細節，兩人算是互補的絕配。

這對兄妹感情之所以如此融洽，這便是原因之一吧！

2

早晨七點前，空氣中猶有殘暑的痕跡，濕氣凝重。

阿亮與本橋兄妹三人到達浦安的碼頭。

帆村釣具店的船隻，全是十五馬力、長五公尺的小船。現在條件稍微放寬了，從前連這種小船，都必須具備四級小型船舶駕照才能駕駛。

店頭自不必說，河邊和船上都是釣客們互相交流的重要場所。在這裡可以取得釣點、選擇哪種捲線器、各種魚類習性等可靠的資訊。然而相對地，若是與其他釣客在相同條件下釣魚卻沒斬獲的話，也會顏面掃地，因此船釣得有一定的本事才行。

當然啦，阿亮的自信一點都不輸外行人。今天的目標是魨魚。為此，一切早已準備就緒，還為了能大快朵頤，要惠美和由紀夫都不吃早餐呢！

「我想去超商買個飯糰之類的，你真的覺得當場現釣就有得吃嗎？」

惠美有點擔心地說。

「惠美啊，說這種話就太傷阿亮的自尊心喔！」

「話說回來，阿亮，今天只釣魨魚嗎？」

「唉呀，重點不在吃不吃，這是興趣的一環嘛！隨便釣到的魚就吃，未免太不上道了！」

阿亮笑著嗤之以鼻。

「這是啥道理？」

「打個比方吧！把種子種下，然後花開了，你開心地說：啊，好漂亮啊！這種根本不算興趣，只是自然的結果而已。所謂興趣，就是要絞盡腦汁、運用各種經驗知識，不論何年何月，都要讓它開出這樣顏色、這樣大小的花來！」

「喔？」

「釣魚的話，就是要設定一個目標，今天的目標就是鮪魚！」
「算了，只要能讓我吃飽，我就沒話說了。」
「那，就仔細檢查該帶的東西吧！惠美是第一次船釣對吧！」
「嗯。」
「由紀夫呢？」
「我也是啊！我是開過這樣大小的船啦，但完全沒釣過。」
「有句話說：『一板之隔就是地獄。』但也沒必要太神經兮兮啦！來，先吃這個！」
阿亮遞給兩人藥包。
「這是什麼啊？」
「暈船藥！小船會晃得很厲害，所以很容易暈船喔！然後，直接曝曬在陽光下也很叫人受不了，所以需要這個和這個。」
阿亮給兩人帽子和偏光鏡，但惠美滿臉嫌棄。
「幹嘛裝得像不紅的藝人啊！」
「別碎碎念了！啊，要穿長袖，還有鞋子，絕不能穿球鞋，來，換這個！」
「這、長筒鞋……」
「喂，接下來就是這個最重要了！」

說完，阿亮拿出背心型救生衣，但並不是最新流行的自動充氣式，而是普通的橘紅色救生衣。拿到胸前一比，安全帶拖到地上。

「好怪喔，帶子怎麼這麼長！」

「救生衣要是只像件短外套是不行的！」

阿亮幫惠美穿上救生衣，把安全帶穿過胯下固定住，這樣萬一落水的話，就可以從下面撐住身體的重量了。

「呿！簡直像穿兜檔布嘛！」

「要不這樣，萬一落海的話，只有救生衣會浮起來，身體可是會沉下去喔！喏，惠美還要這一個！」

最後拿出來的是一個裡面裝著凝膠狀液體的細長塑膠袋。

「……什麼？這個？」

「女性用的隨身廁所。一尿進去，裡面的聚合物會立刻吸水而凝固，也可以防臭喔！」

「你叫我用這個尿尿?!」

「我和由紀夫可以從船上站著尿出去，但妳不行啊！」

「這不是整我嗎?!」

由紀夫從旁瞥見惠美那愁眉苦臉的模樣，都快笑死了！

七點一過便出發了。

引擎雖老舊，聲音倒挺輕快的。船頭破浪前行，波光瀲灩。拂頰的海風依然帶著濕氣，但很舒服。

眺望夾岸的高樓與民房，沿舊江戶川而下，穿過幾座橋，不久便看見河口了。

阿亮很喜歡這河口風光。

櫛比鱗次的高樓是日常生活的象徵。裡頭翻攪著倦怠、焦躁與閉塞感，但遼闊的汪洋大海完全沒有這些。對阿亮而言，駛出河口，就等於從日常生活中解脫出來。

「哇，好～舒服啊！」

剛剛還板著臉直問到底要去哪，這會兒惠美高舉雙臂，拉長了背脊說。

由紀夫則始終以平靜的表情凝視海面。

「怎麼啦？由紀夫！幹嘛不說話啊？」

「我在想點事情……嘿！阿亮，你剛剛是不是說，隨便釣到的魚就吃，未免太不上道了？」

「是啊！」

「我也有同感。」

「咦？」

「決定好後就只鎖定目標！有道理喔！如果不管釣到什麼都可以，就只矇著頭撒網或甩竿，那完全不用腦筋啊！」

由紀夫的口氣似乎有點洋洋得意。

「釣魚，簡單說就跟打獵一樣！」

「嗯？」

「要先調查獵物的生態，確認牠們的居住地點，然後找機會下手。不論心機多深的動物，總不可能一整天都提高警覺，一定有什麼破綻，我們就要逮到這個破綻出手攻擊。和獵物之間的心理戰，就是狩獵最大的樂趣了！所以說，要是抓到又放回去，就沒意思了！」

「可是，如果不是我想要的魚或是太小的，我都會放回去！」

「抓到的獵物就要放進肚子裡啊！我認為這才是對獵物真正的敬意！」

「你打過獵嗎？」

「打過幾次喔！我是陸地派的！打獵其實不分種族，是雄性的本能吧！」

搭乘的小船不久便出了河口，駛進東京灣。海風與海潮的氣味瞬間變強，海上天開地闊，三人全身沐浴在陽光下。

「哇！好──棒啊！」

難怪惠美興奮得歡呼！三百六十度的全視野中，左邊是東京迪士尼樂園與迪士尼海洋，右邊是葛西臨海公園一覽無遺。這種絕妙風光只有從這裡才能欣賞到。
「可是阿亮，你到底要把船開到哪啊？」
「呃，海上四公里左右吧！」
這次要釣的鮋魚，已經先向同行打聽過釣點了。阿亮本人三天前也在那個地方釣過鮋魚。只要潮流和水溫不變，釣點應該不致於有太大移動才對。
灣岸附近有幾艘小船緩緩回遊著。東京灣的魚類比從前更豐富了，以這個季節來說，輕輕鬆鬆就能釣到帶魚、真鯛、短爪章魚、刺鰭魚等。平時載老客戶來的話，就會把船停在這一帶作業，可今天，目的不同啦！
「我說啊，這前面沒有島嗎？就是島的兩邊有中國軍隊和自衛隊互相對峙的那個。」
「那是尖閣吧！地理神經也太差了吧妳。」
「唉呦，哥，人家膩了嘛！看來看去都是一樣的風景！」
「妳管風景幹嘛？反正妳是為吃來的啊！」
「惠美，妳覺得無聊嗎？」
阿亮試探性一問，惠美噘著嘴點頭。
「無聊的話剛好！這個，拜託了！」
說著，拿起放在一旁的竹簍。裡面是滿滿的蛤蠣，還有老虎鉗。

「什麼？要吃這個嗎？」
「不是啦，這是釣魨魚的餌，妳用鉗子把它們全部剝開。」
「魨魚吃這個？還要剝開？」
「喂喂，惠美，妳馬上就要當釣具店的老板娘了，這些事不先習慣不行啊！」
由紀夫嘲笑地說。於是惠美便一邊嘀咕一邊開始剝蛤蠣的殼。
「不好意思啊！阿亮！有這樣的妹妹！你真的要讓惠美當釣具店的老板娘嗎？」
「在這艘小船上晃來晃去還不會暈船，這就合格了！」
「不行啦！阿亮！要是讓這傢伙得意忘形就慘了！不論哪種生意，都有所謂的個性適不適合的問題啊！」
這話讓阿亮留了個心。
「對了，由紀夫，你不是做代辦跑腿的嗎？那到底是怎樣的工作啊？都到這個時候了，可以跟我說吧！」
「就跟名稱一樣啊！從幫忙打掃、搬家、遛狗啦，到擔任婚禮的主持人，可是到頭來，還是做些像是老人看護之類的事。」
「哇，好強啊！可是，那不是要證照嗎？」
「嗯，該拿的證照差不多都拿了！」

「那麼，倒不如專門做一個比較好！以現在來說，有看護證照的話，看護公司都搶著要吧！」

「才沒呢！阿亮，開釣具店的果然都不知道不景氣啊！」

「唉呀，我對其他生意都很外行呢！」

「現在就算有證照也沒那麼容易找到工作了！更何況，一般都要求公司要是任用有證照的人，就必須給予正式員工的待遇，所以很多看護機構都是用便宜的工資雇用沒證照的人呢！其實我有很多證照，但全都派不上用場！」

「這樣啊？」

「而且，我自己本身也和公司模式格格不入，不適合當上班族啦！雖然也試著做過幾種工作，但都合不來。我是個沒法遵守社會規範的人啦！」

「可是，你現在就在做跑腿代辦服務啊！那麼，從事這種跑腿代辦的適合條件是什麼？」

「跑腿代辦的適合條件?!嗯，這個嘛！用一句話來說，就是要迅速精準地掌握住客戶的需求吧！」

由紀夫以悠然自得的口氣說。

「要具備能在見第一眼的瞬間，就看出這個人討厭什麼、想要什麼的才能。我別的不會，就會這個！」

這麼說來的確是呢！本橋由紀夫這男人，確實擅於讀出別人的欲望以及不外露的情感。

小船終於抵達海上四公里海域，隨即放慢速度。

就在這裡試試咬況。只要沒什麼大問題，消磨個一小時就會有斬獲。當然這要看阿亮的手氣，完全不能期待外行的本橋兄妹。

「先說好喔！如果不是我們要的鮪魚，釣到了也要放掉喔！」

「呃呃呃……」

惠美發出可憐兮兮的聲音，但阿亮不理她。反正會被惠美釣到的魚，也一定跟她一樣糊塗。

阿亮讓本橋兄妹待在船的左右兩側，自己則坐陣船尾垂釣。火傘高張，炙得皮膚刺痛，海風習習，雖能稍微解熱，但仍然熾熱難耐，惠美好幾次猛拭滿頭大汗。

三人停止交談。由紀夫自不必說，連惠美都全神貫注於釣線的動靜。

依阿亮的評斷，這對兄妹中，倒是惠美比較適合釣魚。釣魚這種直盯著等待魚兒上鉤的活動看似悠閒，但若因此就認為隨遇而安的個性比較適合的話，那就錯了，其實反而要有點沉不住氣才不會漏掉咬鉤的動靜而讓魚給溜了。就這點，由紀夫偏向過於慎重，而惠美則急躁得剛剛好，因此略勝一籌。

果然，最先咬鉤的是惠美這邊。

「啊啊啊！有東西在拉！一直在拉！」

惠美手忙腳亂地拉起釣竿，魚線繃得好緊，穗先相當柔韌。

「中了！中了！」

辛苦惡戰了好半天，惠美釣上來的是一尾十公分左右的星點河豚。

「啊！好可惜！把牠放了吧！」

阿亮一說，惠美急得喊：

「嘴巴好小喔，魚鉤拿不出來！」

「啊啊啊！不要碰！不要碰！」

沒辦法，阿亮只好先把自己的釣竿固定好，再用腳踩住那尾星點河豚。

「啊，好過分，真殘忍！」

「星點河豚的嘴巴很小，一不小心就會受傷。拿出魚鉤時，一般要像這樣先用腳踩住，或者用魚鉗！」

「看了這一幕，一點都不覺得這樣放掉牠有做到生態保護。」

「反正又不吃，放掉總比就這麼殺掉牠好吧！」

接下來，好一段時間都沒有魚兒咬鉤。三人也沒交談，耳畔唯有海浪拍打小船的聲音。漸漸地，耐不住性子的惠美對著天空大發牢騷。

「啊！都釣不到！無聊死了！」

「安靜！會把魚嚇跑喔！」

被由紀夫這麼一說，惠美又噘起嘴唇。

「可是，從剛剛就一直是這個姿勢，人家累了啊！」

「釣魚是一種運動，沒有不會累的運動吧！」

「就算是運動，釣魚連一點讓人神清氣爽的感覺都沒有！喂，阿亮，你一直這樣不會煩啊！」

「哪裡會煩！我每次來釣魚都能把不愉快的事情忘掉，我覺得很幸福呢！」

「很幸福？」

「有句至理名言說：『要幸福一天的話，就喝酒；要幸福三天的話，就結婚；要幸福一輩子的話，就釣魚！』」

「咦？比結婚還幸福得久啊！真的嗎？」

惠美一個勁地嘟嘴。

又過了一段時間。

接下來換由紀夫這邊有動靜了。

「來了！」

一說，立即捲起捲線器。

但跳上來的，只有綁在線端的魚鉤而已。

「呿！被跑掉了！牠上鉤好久了說！」

「那可能是我們要的魨魚喔！」

「咦？你怎麼知道？」

「魨魚的口徑很窄，張不大，所以咬餌時，會一點一點地啄著吃，結果，餌就被啄得四分五裂，最後只剩下魚鉤而已。魨魚又叫做偷餌仔，就是這個原因。」

「不就是懂點魚的脾性罷了！」

由紀夫肆無忌憚地大笑，然後重新在魚鉤上餌。總覺得他有點因不服輸而惱羞成怒。但他的長處就是謹慎且堅持，只不過對釣魚而言，未必有利。

此時，阿亮搭在魚竿上的食指和掌心有反應了。

喀吱喀吱地，線端好像有東西上鉤了。為了敏銳地察覺動靜，還特別選用敏感的穗先，以及能夠確實傳達穗先動靜的八點二的穗持。

並非要餵魚，所以綁上了魚鉤。而由於魨魚的嘴巴相當堅硬，魚竿必須兼具敏銳度與強韌度。

喀吱喀吱般的微幅觸覺，變成了哐啷哐啷的金屬震動。

終於上鉤了?!

魚線開始進出！之所以選用靠離合器的ＯＮ與ＯＦＦ就能調節魚線的雙軸捲線器，便是因為此刻魚線會不斷進進出出。魨魚的動作相當快，必須加速線軸捲動才能應付牠迅捷的身手，因此阿亮使用一比五點六的高齒輪比捲線器。

只要能反向牽制魨魚游動，就能輕易讓牠上鉤。為了配合牠，讓牠確實上鉤，阿亮仔細操作著捲線器。

突然，感覺捲線器變緊了！

可以了！

阿亮靈敏地捲動捲線器，一邊收線一邊盯住穗先，配合牠的行動。

然後，一鼓作氣拉竿。

釣上來的是一尾長二十公分、尺寸稍嫌不足的魚。就是牠！阿亮光看魚身就知道了！

「就是這個嗎？阿亮！」

被釣上船的魨魚，有著鮮艷如碧波般的花樣以及醒目的黑色斑點，而大大的尾巴也是特徵。這是可以登上水族館供人欣賞的美麗的魚——這第一印象至今仍然不變。

「好漂亮的魚啊！」

「這叫做長尾革單棘魨。」

從這時候起就比較輕鬆了！有趣的是，一放下釣線，長尾革單棘魨就過來咬餌了。可能是知道如何配合牠的行動而抓準釣起的時機吧，此後三十分鐘內便釣上兩尾了！

惠美故意露出垂涎三尺的饞樣，於是速速料理。

去掉頭上的棘和魚嘴後，從嘴巴往魚尾方向一口氣剝除魚皮。然後切掉魚鰭，再用刀子深深刺進魚鰓把內臟全都挖出來。最後切開背部和腹部，簡單地分成三塊。

「哇！阿亮！你簡直像個大廚耶！」

「切成三塊這個誰都會啊！接下來才是大展身手的時候！」

將魚塊切成薄片。沒必要切成像河豚生魚片那樣超薄，重點在於能充分浸潤到醬汁就行了。

接下來將魚肝分成兩份，一份用醬油調理成沾醬，另一份磨碎後加上醬油與味醂。最後盛上盤拌著魚片吃，就是完美的魨魚拌肝醬了。

「來吧！沾醬吃也可以，直接吃魨魚拌肝醬也可以，請享用！」

阿亮以廚師之姿端盤請由紀夫和惠美享用。兩人毫不猶豫地放一片進嘴裡。相信他們在這幾個月內，舌尖鐵定難忘阿亮絕妙的廚藝吧！

「天啊！超讚！真的比河豚還好吃耶！」

「唉喲喂呀！真好吃！阿亮！真是極品耶！味道濃郁，再加上這肝醬的滋味之深妙啊！……」

兩人根本顧不得看阿亮，只一個勁猛動筷子！

「就是說吧！那你們兩個繼續吃，我再去釣釣看！」

阿亮背對正在大快朵頤的兄妹，再次拋竿。他原本就不認為他們釣得到長尾革單棘魨，所以乾脆自己負責釣，就讓他們兩人吃個過癮吧！

海風陣陣襲來。

突然被誰抓住了肩膀，阿亮在晃動的船上穩不住身體，下個瞬間，頭被抓住從後方往前猛撞擊船邊。

視線頓時模糊。

還未感覺到痛，就先意識不清了。

下半身好像有誰的手伸過來——才閃過這一念，阿亮的身體就被粗暴地抬起，隨即拋進海裡。

水聲加上海水灌進鼻腔，令阿亮稍稍恢復意識。他勉強瞇開眼睛，赫見紅色液體，又感到嘴邊有什麼東西流著，用舌頭一舔，立刻明白那是——自己的血。

身上的救生衣全開，浮在頸部周圍。不知什麼時候，固定住的安全帶鬆脫了。安全帶的帶端浮在海面上，但伸手也搆不著，不，是四肢根本動不了。

眨眨眼睛，視線稍微清晰些了。一看見船上本橋兄妹的身影，阿亮反射性地伸手大叫：

「救、救命啊！」

一開口，海水便灌進嘴裡，猛嗆住了。

本橋兄妹望向這邊，一臉冷笑。

「怎麼？阿亮！你還有力氣說話啊？」

由紀夫似乎頗感意外地說。

「但，那也只是早晚的問題了！你沒看到嗎？他頭上開始流血了！」

阿亮拼命想踩水，手腳卻動不了。由於脖子剛好被救生衣套住，只有頭露出水面而已，想喊也喊不出來。

「你大概不願死得不明不白吧！那我就告訴你好了！我們的目標才不是那間死氣沉沉的釣具店，是你的死亡保險金啦！」

「謝啦！阿亮！保了一億圓啊！」

站在由紀夫身邊的惠美邊笑邊揮手。

「我不是說了嗎？我這人具有看穿別人想要什麼的才能！阿亮！你要的就是女人，這四十五年來想要卻老要不到的、喜歡上你的女人！只要送到你面前，你就一定會上鉤！就跟你釣到的這隻長尾革單棘魨一樣啊！」

連耳朵都進水了。由紀夫的聲音變得斷斷續續。

「我的本行並不是跑腿代辦，而是這個啦！就是發現有人內心空虛的話，就趁虛而入，給予滿足後收取費用。阿亮啊！你都不懂得懷疑別人，真是個好客戶啊！」

「真的呢！阿亮人真好！但要選男朋友或老公的話，絕不會選你！」

「就因為你人太好了，所以才會到現在都還相信我們是兄妹啊！」

「那也沒辦法啊！誰叫由紀夫的演技這麼好！」

兩人的臉才一湊近，就直接舌吻起來。

「看吧！這傢伙才不是我老妹，是我老婆啦！抱歉啊！阿亮！」

「可是，阿亮你也說過，我的幸福就是你的幸福，所以你該滿意才對啊！」

「小船劇烈搖晃後翻船，就在那時候撞到後腦勺而掉到海裡了。因為猛力一彈，救生衣的安全帶脫落，最後就意識不清溺死了。我們拼命救了，但因為沒經驗，不會操控小船，只有眼睜睜看著阿亮死去……怎麼樣？這故事誰都會相信吧！反正你也沒有什麼奇怪的外傷……」

句尾幾個字消失在茫茫大海中。

阿亮的意識如霧般稀薄。

船上那兩人猶自狂笑不已的身影，已看不清了。

海水猛地灌進嘴巴和鼻子。

阿亮就此陷入昏迷。

3

「就算這樣，你還是運氣不錯啊！帆村先生！」
一名自稱犬養的刑警在病床的枕邊說道。
在海中溺水，待醒來時人已經在醫院了。據犬養的說法，阿亮在海浪間載浮載沉，被海上保安廳的巡邏艇發現後救起的。
「然後就把你緊急送來，但要是再晚個幾分鐘，醫生也回天乏術了！」
「謝謝你！」
「也是因為你弟弟向警方提出尋人申請。」
啊！是照之報的警啊……。
「你弟弟是個流氓，海保本來就不輕易受理，而且總不能出海的船隻稍微晚回來，海保就立刻出動去找人吧！所以你弟弟好像跟海保盧了很久！」

如今才知道，讓照之遠離由紀夫他們是對的。

「可是，剛剛你說你是搜查一課的，那為什麼是搜查一課來……」

「嗯，因為事情有點蹊蹺。帆村先生，你還記得掉進海裡時的狀況嗎？」

於是，阿亮從在船上突遭由紀夫攻擊開始說起，一直追溯到與惠美邂逅的情形。

「哼！這麼說來，就是圖謀保險金而殺人囉！」

「請把他們兩人抓起來！他們差點就把我殺了啊！」

「已經沒必要了！他們已經死了！」

「……咦？」

「距離發現你的地點大約五百公尺處，找到一艘船，船上的由紀夫和惠美已經死了，是中毒死的！」

「是……嗎？」

「解剖結果被驗出一種叫做菟葵毒的毒素。這種毒素會造成呼吸困難和心律不整，致命作用則是造成冠狀動脈收縮。反正它的毒性好像比河豚毒素還要強七十倍！所以說，吃下三條那種魚，還連魚肝都吃得精光，他們兩人怎可能活命！大約幾個小時就悶死了，這是驗屍官的見解。」

話聲一落，犬養便俯身靠近阿亮。

「所以，你的計畫得逞了！原本計畫殺人的那兩個，被你漂亮地擺回一道！」

「啊？我?!」

「警視廳搜查一課的刑警專程來病房打擾，不是為了聽取受害人的證辭，而是來向毒殺事件的嫌犯訊問案情的。」

犬養目光冷徹地盯住阿亮。從這目光中，阿亮感覺到眼前這男人已對整起事件了然於胸了。

對這不可思議的結果，除了瞬時感到虛脫，也油生一股解脫感。

「船上那兩人吃的魚，有留下一些殘骸。根據鑑識，那像是一種叫做長尾革單棘魨的魚！」

「……是的。」

「長尾革單棘魨必須在水溫十八度以上的海域才能生存，所以只能棲息在黑潮流域的沖繩以及高知、和歌山等海域。不過，最近因為海水溫度上升，有報告指出，不但在東京灣近海，連在苫小牧海面也都發現牠們的蹤影了。在關東，橫濱市港灣局早就發出警告，要民眾即使釣到了也不要吃。你既然經營釣具店，不可能不知道這件事。事實上你的同行已經證實，你特別向他們請教過長尾革單棘魨的釣點。那時候你還特別強調是不想弄錯釣到。結果剛好相反啊！」

喔？連那些事都調查過了啊！

自己打瞌睡時，那兩人釣到長尾革單棘魨，便搞不清狀況地吃下肚了——原本打算這麼跟警察說的，卻做夢也想不到在此之前竟遭本橋兄妹襲擊。

「我是逼不得已的！」

「不得已殺人？把那兩人趕出去，或者和他們斷絕往來不就得了！」

「沒用的！那兩人介入我的生活太深，不知不覺掌控權已經落到他們手中了。而且，要是不出點什麼事，警察根本不會出動。」

原來如此。自從半被誘導、半被強迫似地投保死亡保險後，就隱約覺察到本橋兄妹的陰謀。即便如此仍無法趕他們出去的原因，便在於這兩人正可以填補自己的空虛。換句話說，阿亮一直在被奪走性命的不安與再次陷入孤寂的恐懼中掙扎。

「對我來說，這是正當防衛啊！」

的確是肺腑之言。與本橋兄妹面對面也無法揭穿他們的陰謀，只能一步步等著被殺掉，處境嚴峻如此，阿亮所採取的不過是最穩當的殺人方式。若不這麼做，自己一定會被殺，不，事實上已經被殺了不是嗎？

「正當防衛嗎？我雖然很同情你，但這種主張很難成立吧！即使你打算提出這樣的主張，也沒有任何足以證明那兩人企圖謀殺你的證據，相反地，你的犯行，情況證據和物證都有了。」

「你的意思是，我留下了什麼證據嗎？」

「事實上是這樣沒錯……話說回來，這條魚還真是漂亮啊！」

犬養看著帶來的長尾革單棘魨照片，感嘆地說。

突出呈菱形的魚嘴、大而長的尾鰭，以及艷如碧波的花色。

是因為具猛毒而有妖艷的外觀呢？還是因為妖艷的外觀而具猛毒呢？

恍惚間，由紀夫與惠美的身影，交疊在長尾革單棘魨上。

綠園之主

1

當球飛進拓真的視野中，附近並無敵方身影。

「去啊！拓真——！」

斜後方傳來FW⓯純也的喊聲。距得分線的直線上毫無障礙，此時除了被指名為攻擊型MF⓰的自己出馬外，捨我其誰！

拔腿快奔到邊線，球已經飛到右腳跟前，踢出的腳踝確實搆到球的中心了。

有了！不過，踢飛的球越過橫槓上方，畫出一道大大的拋物線後，消失在球場外的民家中。

「啊！又來了！」追過來的純也怔怔地說。「去撿！拓真！」

「哪有攻擊型MF撿球的！」

「這次是你的錯啊！就算不是，那戶人家也由你負責！」

唉唉！拓真搔著頭從球場往球飛進去的那戶民家跑去。根據球掉下去的聲音，可以判斷又砸斷了庭園裡的幾株花吧！

都營的球場有好幾個，這裡是最差的。由於四周未搭設護網或柵欄，以致球經常飛到場外。這種時候，自己就不得不頭低低地跑去撿球了。

算啦！沒關係！

那家的老太太對拓真很友善。只要道個歉，再陪她聊幾句，就會笑咪咪地把球還人了。老太太有些痴呆，每次都得像初次見面那樣打招呼，真傷腦筋，但把庭院搞得亂七八糟，對方也不會索賠，這點倒是慶幸。此外，對沒有祖母的拓真而言，那位老太太其實挺有魅力的。

*

「咳！」

不小心吸了口氣，犬養猛嗆住了！過於輕忽這一縷白煙裊裊，沒想到塑膠燃燒的臭氣竟不輸屍臭的嗆鼻！眼球也如針刺般，痛得淚腺悲鳴不已。

河床上流浪漢們的陋居被人縱火燒毀，是昨天半夜發生的事。通報者為一匿名男性。消防車趕到時，用瓦楞紙板和塑膠布搭建的房子已經付諸一炬，儘管好不容易救出睡在其中自稱黑

⓯ FW：足球隊的前鋒球員。

⓰ MF：足球隊的中場球員。

澤公人的男子，但他因全身被燒傷而緊急送醫。

「好像不是第一次遭到攻擊！」

站在犬養身旁的高千穗小聲嘟噥著。

「一開始是上上個禮拜五，好像也是黑澤在睡覺時被好幾個人毆打。」

「有縱火嗎？」

「沒有，那時候只有打他，被附近的流浪漢發現後就落跑了……」

「所以，這次是繼上次攻擊後的縱火行為？真是越來越惡劣了！目擊者呢？」

「根據流浪漢們的說法，只看得見帶頭的少年，後面的那些人從背影看，推測跟帶頭的一樣都是國中生。」

「哼！專找流浪漢下手的小混混！」

犬養不吐不快地說。姑且不論在河床上以瓦楞紙板和塑膠布搭建的房子算不算建築物，犯罪行為本身早就超過小孩子的遊戲範圍了。逮捕到犯人的話，絕不能只是訓誡了事。傷害再加上縱火，屬於第一級凶惡犯罪，而執行犯罪行為的正犯，和自己的女兒同樣都是國中生，這讓犬養更為憤懣難消。

另方面，犬養則相當同情黑澤。用塑膠搭起來的房子十分易燃，儘管消防車火速趕到，卻一下燒個精光。從遠處眺望，包括家具在內，全部付之一炬。

灰燼後方，有一處約三坪大的小庭園。一問之下，才知是黑澤整理出來的，是他的興趣。園子裡鋪滿平整的石頭，兩側種植花草樹木，是個普通的小花園。擺設在石板地上的圓桌與椅子，看得出精心布置。儘管位於河床上，庭園清雅優美，就外行人的眼光，應屬相當精緻之作。

「受害人目前傷勢如何？」

「頭部和腹部有幾處遭強力毆打的痕跡，目前還在昏迷中，但沒有致命傷。」

若是如此，待本人意識恢復，或許就能從他口中得到目擊證辭了。犬養內心燃起晦暗的激情，不斷有聲音跟自己說，這跟二十歲了或未滿十四歲無關，任何人只要蔑視他人的生命或財產，都是罪大惡極。

正思忖著，胸前的手機顯示來電。

是班長麻生打來的。

「喂，犬養。」

『剛剛有新案子發生了，馬上到現場去！』

「我才剛到河床這裡來而已啊！」

『我聽過報告了。你那裡，目前被害人還沒清醒，而且現場也留下很多物證，所以那案子應該不需要那麼多人手吧！』

「這話太過分了！新的案子就需要那麼多人手嗎？」

『小孩子被下毒了！』

「下毒？」

『有國中生在放學途中昏倒，已經送去醫院了，但在送醫途中就死了。驗屍官懷疑是不久前才吞下劇毒的。』

「放學途中的話……」

『你判斷的沒錯！如果那名國中生是在學校被下毒的話，搞不好中毒的人會越來越多。』

犬養被叫去的現場離那河床並不遠，因此馬上趕到。據說別働隊⓱已經到校將學生與教職員送往醫院了。警方應該正在那裡逐一聽取案情說明，另方面，也應有不少人正在洗胃，不難想像目前正忙成野戰醫院般的情景。

死亡的是小栗拓真，十四歲。放學後在都營的球場進行社團活動，結束後回家途中，才說覺得身體不對勁，隨後便悶死了。之所以未利用學校的操場，是因為那是和他校的熱身賽。

根據御廚驗屍官的說法，死者體內被驗出一種叫做鉈的劇毒。目前正忙著在未消化的內容物中找出混入此種毒素的特定物質，但若已經消化掉的話，勢必會增加調查的困難度。

鉈是一種用來當作滅鼠劑原料的藥劑，由於具有無味無臭的特性，可以輕易混入食品中。它能夠快速被消化道吸收，就這層意義來說，算是即效性毒物，但另方面，它會蓄積於體內，因此少量攝取的話，就變成遲效性了。雖然會有腹痛及嘔吐等症狀，但因人而異，而且難以判定是在何時服毒的。

然而，那些都是御廚的工作。犬養決定從事件發生時間去反推拓真的行蹤。

拓真一說身體不對勁，緊接著便嘔吐倒下，是發生於離球場一公里的地點。這段途中的所有雜貨店和便利超商，犬養無一遺漏地前往探查，但都沒發現拓真去過的跡象。

過了一晚，犬養站在球場上。

為保持現場，球場四周已拉上封鎖線。比賽時學生們喝過的寶特瓶等也一切依法扣押。

突然，望見球門對面有一間陳舊的房子。雖然隔著一堵牆而無法完全看見球場這邊，但說不定能問到什麼證辭。

門牌上寫著「佐田啟造」。按了兩三次門鈴後，出來應門的是一個駝背的老太太。

可她一見到犬養便笑逐顏開。

「啊！這不是啟介嗎？怎麼了？突然跑來！」

⓱別動隊：為了特殊任務而特別組織或特別派遣的團隊。

老太太搖搖晃晃走近犬養，緊緊握住他的手。

「啊，不好意思……」

「快進來！快進來！」

老太太硬把犬養拉進家裡。應該是認錯人了，可犬養一時無說明的餘地。

「爸爸！爸爸！啟介來了喔！」

聽到聲音，從裡面走出一個白髮蒼蒼的老人。老人一見犬養便示意地點點頭，然後把老太太拉進去。

「真是對不起啊！祥子，喔，我太太得了老年痴呆症……只要是男的，誰來她都會看成是我兒子。」

「喔，把我認成你兒子了啊？」

「我兒子其實早就死了！」

老人——佐田啟造深深低頭說。

犬養說明來意後，啟造便啊了一聲。

「那孩子，昨天也有進來園子喔！」

「園子？」

「足球飛進來，他跑過來撿球。已經好幾次了，都是我太太拿球還他的。即使年紀那樣小的孩子，我太太還是會誤以為是我兒子，不過，剛好也可以寬寬她的心啦！」

「已經好幾次了？」

「棒球啦、足球啦，因為沒有網子也沒有柵欄，就常常飛進來。我帶你去看！」

犬養跟著啟造往走廊去。屋內比外觀還要老舊，牆壁上掉漆的部分用廣告傳單貼住，走廊也是殘破不堪，唯獨庭園相當漂亮。地面鋪滿石板和礫石，菊花和山茶花等當令花卉開得花枝招展。滿園並非一片蔥鬱，而是井然有序的萬紫千紅，令人心曠神怡。

不過，可惜有部分菊花折了枝，再仔細一瞧，發現其他花朵也受損了。

「是被飛過來的球砸到的吧？」

「那麼大的一顆球天殺地砸下來，怎麼可能擋得住！」

啟造皺眉地瞪著足球破壞的殘跡。

「就像你看到的，這房子又破又爛，但我們兩個老人就靠年金過日子，也沒有能力整修。但我們家還是有一個值得驕傲的地方，就是這個庭園。這是我和我太太精心布置的幸福庭園，尤其這菊花是我太太傾心傾力栽培的傑作，不論拿到哪個展覽會場，都不輸人呢！」

啟造所指的菊花叫做大菊，是專門栽培為觀賞用的品種。花的直徑約十公分，為讓花開得又大又漂亮，會摘除周圍的花苞，只留下中心一朵。再仔細一看，每一株花苗都長出三根側枝並且開花，正所謂「三層立」這種高中低三段式生長法。

「可是，這麼重要的菊花就這麼被砸了，恐怕你太太很生氣吧！」

「這……也是痴呆症的關係吧！菊花被砸時，她會氣得抓狂，就像母夜叉一樣，但那個叫拓真的國中生低著頭過來撿球時，她馬上變得慈眉善目了。既然這樣，我又能說什麼呢！但過陣子她再看到那被砸爛的菊花，就又想起來而大抓狂……」

啟造靜默了，但一臉沉痛。

此時，犬養聞到屋子裡傳來異味。

啟造和祥子都八十多歲了，身上自然有些老人味，但除此之外，空氣中似乎還飄散著略微的餿味。

是悄悄逼近的死臭。

夫妻雙雙高齡且無子女在身邊照料。其中一方罹患失智症的話，要是不能住院治療，就變成老人看護老人了。而且，失智症會加速人的死亡。

「昨天拓真來的時候，有什麼不對勁的地方嗎？」

「這個啊！是我太太去應對的……只是，就算問她也問不出個所以然來吧！」

「可是，才昨天的事啊？」

「我太太每一天都像是另一個人似的！像你今天來，明天她就忘了啊！」

這種症狀肯定造成日常生活莫大的困擾吧！——犬養這麼想時，啟造似乎看穿他的心思而繼續說：

「不只不認得人，平常大大小小的事全都這樣呢！煮飯的方法、開瓦斯的方法、放東西的地方……，為了提醒她，廚房裡到處貼滿了筆記。就算這樣，放她一個人的話總怕出什麼差錯，所以我不得不老是跟著她。也因為這樣，要去買吃的或日常用品，都是趁她睡覺時才能出去。」

啟造的話語中聽得出身心俱疲。老人看護老人的不便已經成為現實生活的沉重負擔了。的確，在此情況下訊問，應該也是徒勞無功吧！

不過，訊問畢竟是自己的工作。

去找祥子，她正支起手肘坐在廚房的桌邊，視線停在冰箱門外貼著的一大堆便條紙上，似乎正讀著便條紙的內容而滿臉困惑。

「啊，啟介，要泡個茶嗎？有你最喜歡的萩餅⑱喔！」

還把自己誤認為兒子啊！犬養感到一絲悲哀，但職業意識把它壓了下來。

「那妳還記得昨天來院子的那個男學生嗎？」

「昨天？男學生？」

---

⑱萩餅：類似豆沙糯米糰，為日本傳統甜點之一、秋分時節的應景點心。

祥子臉上掠過不安。

「你在說什麼？不知道啊！什麼男學生？我們家不會有男學生吧！」

訴苦似的語氣，聽來尤為蒼涼。看著不知所措的祥子，犬養反為自己造成祥子的困惑而油生罪惡感。

對啟造而言，生活若為日復一日的疲憊，那麼對祥子而言，生活便是日復一日的恐懼了。每天一張開眼睛，就是完全陌生的狀況在等著挑戰自己，存在感正分分秒秒喪失中。那該是宛如靈魂被侵蝕般的驚怖吧！

問也沒用！——下此判斷時，手機響了，這次是高千穗打來的。

「怎麼了？」

『我現在在黑澤被送來的這家醫院，那傢伙清醒了！』

「那好！他看見縱火犯了嗎？」

『這個啊！黑澤證實說，放火的正是那起事件的受害人，也就是小栗拓真！』

2

「什麼品行惡劣，那些小鬼根本就是生性殘暴！」

黑澤的下巴被繃帶固定住而難以開口，但他還是不吐不快地拼命扯起嗓子。已經年過七十了，聲音更顯粗嘎。

「尤其那個拓真最狠！我一直要他住手，那小鬼不但沒住手，還邊笑邊打我、踹我！還不是空著手喔！是拿棒子敲！也不是用腳隨便踢，是用盡全身力氣死踹活踹！」

雖說只是個國中生，但在社團活動可說鍛鍊有加。犬養想像那些胡踢亂踹一定具有相當的殺傷力。

「他不是一個人吧？」

「啊，確實的人數我不曉得，至少也有四個人。但那小鬼是他們的頭，我被他攻擊過好幾次所以知道。」

「好幾次？」

「我每次遭到攻擊就去向警察報案，但你們總是把話聽一半而已，根本都不採取行動。」

對此，犬養低頭表示抱歉，並在心裡咒罵轄區警察署。他們大概是瞧不起流浪漢的控訴吧！

拓真的名字之所以登上縱火事件的調查名單，是根據黑澤等數名流浪漢的證辭。據說帶頭少年瘦臉尖耳，警方便以此特徵立即完成肖像畫，而負責拓真命案的搜查員看到肖像後，才讓兩起事件連結起來。

「那麼我再重新問一次，正確是什麼時候開始受到暴力攻擊的？」

「差不多一個月前。剛開始他們是在堤防上面遠遠地圍著亂罵，罵我們是社會的害蟲、喪家犬之類的。後來就對著老人家開始丟空寶特瓶或石頭。我們原本看他們是小孩子就算了，沒想到後來竟變成夜間偷襲！」

「夜間偷襲?!但黑天暗地的，應該分不清誰是誰吧？」

「憑聲音和身高就知道了啊！但我想他們是不想被認出來，才會利用夜晚胡搞瞎搞。他們闖進我家來，把我僅有的一點點家具和日用品都砸爛了。我向警察報案也就是那個時候起。就是因為警察放任他們那時候的行為，才會演變成這次的縱火事件！」

最後的話鋒是衝著犬養來的。

以小栗拓真為首的那幫人成為襲擊事件的嫌犯，是根據同學的證辭一個牽扯一個而逐漸明朗的。但這個事實與校方對這幫人的評價極端不同，讓搜查人員很氣惱。拓真那幫人正是足球社團的主要成員，而這間學校以足球強項出名，因此拓真等足球員正是學校的最佳廣告。這群廣告要角出了校門就變成了暴力集團，想必得到通報的校方人員和家長們都深受打擊吧！

然而對犬養而言，這並沒什麼好大驚小怪的！那年紀的孩子表裡不一很正常，說穿了，要老師和家長掌握孩子的一切行蹤這種大話，根本就是牛皮吹過頭了！

「我這種狀況，早就習慣別人的白眼了，我也盡量不去招惹別人。像我這種人會去跟討厭的警察投訴，實在是因為想要糾正這群孩子的偏差行為啊！」

「那個帶頭的小栗拓真，在縱火事件的隔天被殺了，這件事你知道吧？」

「啊……我聽別的警察說了。」

黑澤的口氣突然緩下來。

以流浪漢為目標的不良少年帶頭人在隔天被毒殺——這種情況，一般會認為是被攻擊者的報復行為。犬養之所以到病房探視黑澤，並非當他為受害人，而是將他視為嫌犯而訊問案情的。

「聽說是被下毒的！應該很痛苦吧！」

「聽說他在中毒發作之前，自己並沒覺得有什麼症狀，所以應該痛苦的時間不長吧……你很難過嗎？」

「當然難過啊！才十四歲是吧？還不到該死的年紀啊！像我這種，才是死了也無所謂！」

「就算他是那麼凶狠的壞蛋也……？」

「別說得那麼難聽！」

「他可是讓你吃了這麼多苦頭的罪魁禍首喔！」

「但也沒道理就把還有夢想還有未來的國中生給殺了吧！他的確很凶狠，但如果有好的際遇，將來也可能成為了不起的大人啊！不應該把這種可能性都連根拔起的！」

黑澤心情沉重地說。但這種同情會不會只是惺惺作態，還需確認。

「半鬧著玩地對老人施暴，還把人家的住處放火燒了，這樣的小孩子，你不會真心認為他們還有夢想還有未來吧！」

「也許吧……但還是不行啊！就算長得再怎麼難看，也不能把幼苗摘掉！這麼做的話，對方會更加仇恨的……」

「你就不恨嗎？」

「到我這個年齡，就會認為年輕就有價值啊！」

「那是因為他已經死了吧？如果他還是一再對你施暴，你一定會認為他是個大壞蛋……」

「刑警先生，你是不是懷疑是我們為了報復而下毒的？我說了，我沒必要這麼做啊！就算想報復也不會這麼不像話！」

不過，黑澤的說法並非完全合理。拓真是中毒而死的，若無設定死亡時間的必要，就有可能在縱火事件之前就準備妥當了。況且，如果從以前就一直遭受攻擊的話，也有可能企圖先下手為強。

「第一，要準備那個毒藥，我們是做不到的，又沒幫手也沒錢。」

這個主張倒有說服力。被視為毒藥或藥性強烈的話，依藥事法第七章第一節，取用方式規定得很詳細。最近雖然有人能從網路上的通路取得，但那畢竟是違法行為，像黑澤他們這樣的人，應該不可能買到。

不過，就在此刻，犬養的腦海中浮現河床上的景致。

「我們換一下話題。河床上有個很漂亮的庭園，那是你布置的？」

「嗯，是的。」

「那個庭園很漂亮呢！那個小角落看起來就像照顧得無微不至的公園一樣，根本想不到是外行人布置的。」

「我不是外行人！」

黑澤不高興地說。儘管面露不悅，但也有幾分難為情。

「我從前是做造園業的。」

原來如此。這是從前的看家本領。

「大約三年前，我在一家很有分量的公司上班。我的技藝很不錯，但因為不景氣就被炒魷魚了！」

「我相信你的技藝了得！」

「那個地方排水不良，而且土地不肥，植物很難生長，但即使這樣，那是我智慧和經驗的結晶！便宜的種子，我買得起啦！」

的確，開得很漂亮的花，未必是昂貴的品種，有時反倒予人高貴不貴的感覺呢！

「花草樹木是最自然的了！不論再怎麼寒酸，只要能讓看的人感覺到寧靜祥和，就是很棒的了！我們經歷了一些變故，落到今天這種地步，尤其需要生活上的一點滋潤。這不是什麼自我陶醉，只要我能做的我都願意去做！」

「你是專家，這種家庭菜園難不倒你吧！」

「嗯。其實我是想種小番茄的，可是絞盡了各種腦汁啊！如果種得成，就能和這裡的朋友分享了……但，畢竟是在河床上，很難啊！番茄的原產地是安地斯山這種氣候嚴苛的地方，所以不應該挑場地才對，但河床的土壤還是太差了！」

黑澤愈說愈起勁。不論談現狀或談過往，只要話題繞著工作轉就會興高采烈，也許這就是男人本性吧！

「在那裡，不管是種植或造園，除蟲工作都很辛苦吧！你下了哪些工夫呢？」

「啊，因為排水不良，就很容易產生蟲害。尤其那裡的白雪燈蛾和蚜蟲特別多，一不注意就把葉子啃光了！」

「是喔！白雪燈蛾這種蟲，我還是第一次聽到！」

「不只白雪燈蛾，最難對付的是田鼠。牠們來的話，只要一個小時就全被啃得光禿禿了！

而且牠們還會散布各種病菌，所以最可怕！種花草之前要先除蟲害，這是造園基本工夫中的基本！」

「那麼你是怎麼對付的呢？」

「因為牠們不是隨隨便便的對手，除了噴撒殺蟲劑、滅鼠劑以外，沒有辦法……」

黑澤突然臉色一變。

「等等！那孩子中的毒，該不會是農藥吧?!」

這個問題當然答不得。此刻犬養要是提到「鉈」，就等於把只有犯人才知道的「犯罪最高機密」告訴嫌犯了。即便如此，黑澤的反應若為演技，就太了不起了！就曾經上過演員訓練班的犬養來看，這樣的演技可謂爐火純青。

「如果是農藥的話，你認為會是哪一種毒呢？」

「我會上你的當嗎？」

黑澤撇過頭去。

「好險！這就是所謂的『誘導式訊問』吧！喂，我是受害人吔！我不會再回答你任何問題了！」

「我只是在向這方面的專家請教專業知識而已啊！」

不過，黑澤從此閉口不談，犬養也就無從進一步探問。既然現場已經封鎖，關鍵人物又躺在病床上，應無湮滅證據之虞。只要鑑識人員進去那處庭園，相信就會有一些有趣的發現吧！然而，在那之前，還有一個問題得問。

「黑澤先生，不論你的造園技術多麼高超，很抱歉，要將那些圓桌和石板搬到河床附近應該很不容易吧！殺蟲劑之類的也是！你是怎麼辦到的？」

只見黑澤仍然背對這邊，不發一語。

回到搜查本部，看到堆積如山的調查報告。這些都是本部唯恐毒物事件擴大而徹底發動初步調查的成果。

首先，將攻擊流浪漢的那幫國中生一個個叫到搜查員面前嚴加訊問，結果全都一五一十坦承自己的惡行。方才知道，他們喊黑澤那群流浪漢為害蟲並非開玩笑或嘲諷，而是真心這麼認為。

「那些傢伙又不工作又不納稅，而且還不盡國民應盡的義務！」

「既然不是國民了，沒把他們當人看也沒關係啊！」

「又髒又臭！光看就討厭！這不就是害蟲的定義嗎？所以我們只是想去河床上淨淨灘而已啊！」

個個說得理直氣壯，但訊問內容一移到暴行和縱火，就突然噤聲不語了。再怎麼對他人痛苦無感的笨蛋，都機靈地知道犯下這兩項罪名的嚴重性。問到這裡，早就怒不可遏的搜查員大聲一喝，孩子們立刻異口同聲表示是拓真強迫他們施暴和縱火的。

「反正他們在爸媽和老師面前都是完美的好學生！」

高千穗以吃驚的口氣繼續報告。

「可是啊，就有幾個女學生知道拓真的惡劣呢！那個年紀的女孩子真可怕！」

這點犬養也同意。女人的第六感不容輕視！她們不但不會為外表或歪理所惑，還具有相當的敏銳度，能在剎那間就看穿一個人本性。

「相對的，拓真的爸媽和導師就顯得完全狀況外。聽說他媽媽還大肆抨擊這是警察的陰謀。」

看來，拓真在父母和老師面前也是個出色的演員。

到底這起事件有多少個出色演員參加演出呢？

「檢驗報告出來了嗎？」

「終於出來了！摻進鉈的是萩餅。」

「萩餅?!」

「以消化情況來判斷，應該是當天吃的。剛好萩餅現在正是季節商品，超商也有賣，很容易吃到。問題在於鉈。」

「不，要拿到鉈也沒那麼難。它被用在除田鼠的農藥，以及除家鼠用的非正規藥品裡，只要循正常管道就能取得。而且，老鼠很喜歡甜食，在鄉下，把老鼠藥摻進萩餅是很普遍的除鼠方法！」

「那麼……」

高千穗正要開口時，犬養申請的鑑識報告送來了。確認過內容後，犬養淡淡一笑。

「賓果！」

「怎麼了？」

「拿到河床上那個庭園用來滅鼠的萩餅了。」

3

犬養一說出鑑識報告內容，搜查本部立刻群情振奮。

「有這個，就能鎖定毒物的取得管道了。」

麻生呼了口氣。因為多數中毒事件只要確定毒物的取得管道，就幾乎算是全案水落石出了。

「田鼠在河床上那個庭園肆虐，黑澤公人為了除鼠，就把滅鼠劑放進萩餅裡。本來是放在庭園的，但有部分到了拓真手上。拓真趁半夜攻擊黑澤他們後，於隔天吃下萩餅，結果中毒身亡。」

像是自言自語，其實是為了確認自己的推論是否正確。如果推論過程有誤，隨時都可被提出來討論。

「事件大概就是這個樣子吧！問題在於摻進滅鼠劑的萩餅是黑澤拿給拓真的，還是放在那兒拓真自己去拿的？前者是殺人，後者是過失致死，結果一樣，但罰則天差地別。」

「我不認為是放在那兒拓真自己去拿的！」

一名搜查員馬上插嘴說。

「又不是饑餓兒童！實在很難想像現在的國中生會隨便拿起擺著的萩餅來吃！我覺得是黑澤故意讓拓真吃的，這個看法比較合理吧！」

「我也同意！而且黑澤從以前就遭到他們的攻擊，一定懷恨在心！只不過這些都是情況證據而已。要確定黑澤的犯行，就要有物證證明那個摻進滅鼠劑的萩餅是黑澤親自拿給拓真的！」

「但，黑澤是怎麼拿到滅鼠劑的呢？」

「這個問題我知道。是以前黑澤在造園公司上班時的同事便宜賣給他的。不只滅鼠劑，有一些破損而賣不出去的園藝用品也都賣給黑澤了。據黑澤說，要在河床上種植花草是不可能的，但他還是想在那裡努力建造出一個庭園，同事就基於之前的情誼幫他了。」

這是犬養對黑澤提出最後一個問題時，黑澤所做的回答。那時黑澤不發一語和冷淡以對的原因也都知道了。因為黑澤不想讓人得知他拿到滅鼠劑的管道，就怕給同事帶來麻煩。即使他的外表和談話顯得粗野，卻是個會為人著想的人啊！

「拓真那一夥人什麼都沒看到嗎？」

負責訊問孩子們的搜查員起身。

「很可惜，都沒人當場看到黑澤給拓真東西。去河床上攻擊時，好像都是四個人一起行動，應該不會漏看才對啊！」

「如果是攻擊完回家後才吃的話，說不定他的家人會看到。」

「好像也沒有……」

這次換高千穗回答。

「那天拓真的媽媽很晚才睡，就為了等他回家。在拓真洗完澡睡覺之前，他媽媽都一直在他旁邊，不但沒看到他拿東西吃，兩人根本沒好好講到話。為慎重起見，我們進去拓真的房間採證，連半點滅鼠劑的粉末和萩餅的碎屑都沒找到。」

「這樣的話，除了讓黑澤自己招供，沒其他辦法了是嗎？」

麻生的視線慢慢移向犬養。那帶著期待與為難的神色，不必開口就知道他想說什麼了。

你不是很會看穿那些混蛋的謊話嗎？——這已經是麻生常對犬養說的口頭禪了。這是事實，但也是困擾。

「我是不介意再度詢問黑澤，但是……」

「但是？但是什麼？」

「殺害拓真的動機可能還有別的吧！當然，遭到攻擊也是原因之一啦！」

「……你是不是發現了什麼？」

再次拜訪佐田家，最先出來的仍然是祥子。

「啊！這不是啟介嗎？怎麼了？突然跑來！」

連招呼語都一模一樣。但犬養自有辦法對付。

「因為工作的關係我到這附近來，可以進去嗎？」

「說什麼傻話！自己家啊！來，快進來！」

「那就謝謝了！」

「還說什麼謝謝，傻孩子啊！」

犬養像是被祥子推著進門似地跨過門檻。一會兒，啟造從走廊方向過來，瞥見犬養他們的身影，便理解似地退去，應是推測犬養會好好照顧祥子吧！

「這裡看出去的風景最棒！」

祥子帶犬養到走廊靠庭園的地方去，在走廊邊拘謹地坐著，眺望庭園。犬養靜靜跟著她。

「好棒的庭園啊！」

「是吧！是爸爸和我精心布置的！就像我們的另一個孩子一樣！尤其那些菊花真的很費工夫呢！」

如祥子所言，她投向菊花的目光，就像是看著自己的孩子一般。「三層立」的大菊今天也盛開得燦爛奪目。

「所謂『三層立』，就是最高的叫『天』，另二根叫做『地』和『人』，要讓三根保持平衡，不能讓『天』太高，也不能和『地』、『人』差太多，花的大小也是，要是不整齊就會看起來歪歪的！」

「咦？花的大小不是讓它自然生長的嗎？」

「所以啊！要讓它們長得一樣就很費工夫！從幼苗開始，就要考慮到肥料、太陽曬的時間，連太陽曬的方向都要顧到，很費精神呢！這部分就像養育孩子一樣……唉呀！我忘了泡茶和拿點心過來了，等一下喔！」

說完，祥子起身離開。

留犬養一人在走廊邊坐一會兒。

已經四十年了，這個家的獨子佐田啟介因車禍喪生。這事已經向區公所求證過了。從那時候起，佐田夫婦就一直在這個家中相依為命。不確定祥子何時罹患失智症，但記憶力退化至那時候是不難理解的。同樣不難理解的還有夫婦兩人對這方庭園的執著。每天盯著不斷長大的花卉，是如預期般開花，還是出了什麼意外，照顧這庭園簡直就跟照顧孩子沒兩樣。因此，痛失愛子的佐田夫婦會像照顧孩子那般傾注全部心力照顧這方庭園，令同樣為人父母的犬養感到心有戚戚焉。

「讓你久等了！」

祥子端來的托盤上有兩人用的茶具以及秋分的應景點心。

「自己做的？」

「超市賣的我不想吃！從前，這種應景點心都是自己在家做的啊！」

像是展現老人的尊嚴般，祥子有些得意地說。

「七草粥、柏餅，全部都是啊！所以每一家都各有各的獨家風味。」

這麼說倒讓犬養想起來了。犬養的母親在世時，也經常做這種應景點心。他記得柏餅和栗飯的味道都很清淡，也許這就是他們家的獨家風味吧，到了這年紀反而相當懷念呢！一定是昔日美好的記憶與味覺連結起來了！
「前幾天，那個把足球踢進這園子來的國中生來過吧？」
問完，祥子一臉茫然，反應遲鈍。
「有嗎？」
「有啊！只是那個國中生當天就中毒了！」
「啊？」
「那是個壞孩子呢！放學後就和同學結伴在半夜去攻擊流浪漢。他們把住在河床上的那些人毒打了一頓。」
「好壞的孩子啊！」
「所以警察認為是被打的流浪漢對那孩子下毒。那個流浪漢也對布置庭園很有興趣，為了驅除田鼠，就準備好滅鼠劑……」
「滅鼠劑？」
「就是毒死老鼠的藥啦！他把滅鼠劑塗在萩餅給那孩子吃。但目前還不知道他是用什麼方法讓那孩子吃下有毒的萩餅。」
「啊，不就讓他進來給他吃！男孩子很會吃的！」
「如果那男孩子一直攻擊流浪漢，這種狀況就不可能發生了。因為就算是小孩子，當一直受到攻擊的對方拿東西給自己時，一定會有戒心。更何況對方還是自己平常就瞧不起的人。一般來說，會驕傲地瞧不起別人的人，當認定對方的地位比自己更低時，一定不肯輕易就接受對方給的食物，這是很奇怪的自尊心。」

應該是沒會意過來，祥子完全未附和犬養的話，只是面帶笑容看著犬養。雖然不太確定可以溝通多少，但也不能就此停止說明。

「那麼，我們乾脆換個思考方式吧！那個孩子表裡不一，表面上是個品行端正的好學生。這樣的孩子會直接接受怎樣的人給的點心呢？答案很簡單，就是對孩子好的人，很可能是孩子判斷對方是喜歡自己的人。這樣的話，就不會有戒心了。」

「唉呀！」不料祥子笑了出來。

「那個年紀的孩子都是這樣啊！」

「妳說的對，我也有這種感覺。只是，那是對同年紀的異性才會這樣吧！」

興味盎然似地，祥子輕啜一口茶。犬養直盯著祥子的喉嚨，看她把茶吞下去。

「話說回來，那些菊花真的很漂亮呢！」

「謝謝！你這麼說我好開心！」

「想必照顧有加！」

「它們是我的孩子啊！」

「那，蚜蟲和老鼠是天敵吧！」

「最近多了好多，很煩呢！」

祥子突然生氣地看著庭園。那個方向，有些菊花垂下頭來奄奄一息。

「你看那！好不容易把它們養到這麼大了，偏偏被害蟲搞成那樣！真是氣死人了！」

「妳怎麼消滅那些害蟲的？」

「用這個啊！在裡面摻進老鼠藥給牠們吃啊！」

祥子指著托盤上的萩餅說。

以防萬一，犬養始終沒去碰那些萩餅，該不會也摻了滅鼠劑吧?!

犬養感到背脊一涼。

「妳也拿給來這裡的孩子吃了吧？」

「是啊！因為那孩子每次來，總是把我的庭園搞得亂七八糟！他是比老鼠更大的害蟲呢！如果不這樣，他根本死不了！而且，老鼠最喜歡甜甜的點心了！」

口氣淡定，但眼光煥發異彩，卻是沒有焦點、空洞洞的一雙眼睛。

「我和爸爸這麼費盡心力栽培出來的大菊，被他搞成這樣，還大模大樣地走過來，好幾次好幾次了都不知道悔改！我就把摻了老鼠藥的餌請他吃，他吃得津津有味呢！真是隻笨蛋老鼠！一點點疑心都沒有！」

祥子吃吃地忍笑起來，不忘用手遮住嘴巴，笑得很高雅。

4

犬養第三度造訪佐田家，是在祥子自願到案說明的三天後。

按下門鈴，裡頭傳來「請進」聲。門沒上鎖，直接走進後循聲音方向前去，看見啟造坐在走廊邊。那駝著背無所事事的身影，滲出幾許寂寥。

「啊，是你啊！真是不好意思，我在發呆。」

啟造深深一鞠躬。作為嫌犯的丈夫，這個動作顯得誠意十足。

「內人的情形怎樣？」

「很平靜。沒有激動也沒有吵鬧。只是負責偵訊的人好像很傷腦筋就是了！她講話一直前後反覆，讓人抓不到重點。」

「給你們添麻煩了！」啟造又再次一鞠躬。

「如果不能好好講，偵訊就進行不下去了吧！」

「雖然偵訊進行得很慢，但有許多事已經很清楚了。首先，受害者小栗拓真體內驗出的萩餅成分，和這裡做的萩餅是一樣的，就是紅豆、砂糖、糯米、粳米和鹽。紅豆和米，這兩樣的DNA是一樣的，當然，最重要的滅鼠劑也是一樣的！」

「也就是說，已經證實內人做的毒萩餅，就是害死拓真的萩餅了?!」

「是啊，很遺憾！」

「我認為這件事跟失智症是有關係的。就算我們多麼愛護這個庭園，但正常情況下還是不可能把小孩子當老鼠對待的，內人……內人是生病了啊！」

「這點醫生也證明了，說她不是假裝生病，是真的罹患失智症。不過，正因為如此，我們感到很困惑。」

「怎麼說？」

「到底能不能認定失智症患者有殺人動機呢？」

犬養的視線飄向虛空。

「不能斷定罹患失智症就沒有殺人動機，但也不能否定。恐怕像這種情形，律師大多都會提出刑法第三十九條來追究有無責任能力吧。如果這樣的話，相當有可能你太太會因為喪失心智能力而獲判無罪。」

「無罪……那麼接下來？」

「就要再次接受鑑定，然後送到指定的醫療機構去，在那裡可以一邊接受醫療觀察一邊治療。」

「這樣的話，就不能回到這裡了吧！我聽說就算可以延緩失智症惡化，要恢復是很困難的！」

「嗯，你很難過吧！」

「不是難過，是抱歉！那樣的話，就沒人可以懲罰內人了，內人也不必贖什麼罪，就在床上平靜地過完一生。」

「是啊！那麼真相就永遠埋在黑暗中了。」

「真相？」

啟造一聽，感覺事有蹊蹺地挑起一邊眉毛。

「內人拿毒萩餅給拓真吃，拓真吃了以後死掉，這不就是真相？」

「這只是單純的事實，但未必是真相。」

「……你的話好難懂啊！」

「黑澤公人已經證實了，啟造先生，你和他從以前就認識了！」

話聲剛落，啟造表情瞬間凝結。

「從這裡到黑澤住的河床那裡，距離近在眼前。那條河堤還是很棒的散步路線呢！機緣就出在你去散步時看到黑澤一手布置的庭園。你覺得那庭園布置得很棒，就和黑澤立即熱絡起來，成為互相交流園藝知識的好朋友了。對吧？」

啟造未回答。

「聽到黑澤這位好朋友說出小栗拓真的惡行，你相當氣憤，為什麼呢？因為那孩子也是好幾次破壞你家庭園的凶手！那種裝成好學生樣子的壞蛋，不但破壞了你們夫婦像養育孩子般精心照料的庭園，還踐踏了好友的尊嚴。然後，發生了那天晚上的攻擊事件。你是不是趁太太在睡覺時外出買東西，剛好在那條路上看到拓真對黑澤施暴，還放火燒他的房子？所以說，向警察通報的匿名男子就是你吧？」

犬養滔滔不絕，啟造依然無反應。

「然後隔天，豈有此理地，拓真又因為破壞你家庭園而厚著臉皮過來，而且戴著品行端正的假面具。於是你再也忍無可忍，而你太太又什麼都不知道，所以拿毒老鼠用的毒萩餅給拓真時，半點猶豫也沒有……這是我好不容易推理出來的真相。」

兩人之間橫著沉默的空氣。

半晌，啟造終於動了乾澀的嘴唇。

「換句話說，你認為是我教唆內人的？」

「我是這麼想沒錯。」

「我教唆長年陪伴的老婆，讓她成為殺人犯。那我就是絕無僅有的大壞蛋了！所以你認為我也對內人懷著深仇大恨囉？」

「不，不是這樣。你的所作所為，其實有部分是為你太太的將來著想。」

「將來？」

「你太太的失智症若一直持續下去，無論如何你們都得面對老人看護老人的殘酷現實。這對靠年金過活的你來說，就像是悄聲逼近的地獄。但是，如果你太太被起訴，卻可以因為喪失心智能力而免刑，那麼就可以到指定的醫療機構接受治療了。這麼一來，所需要的費用是全民買單，你根本不需要擔心。」

「又沒有證據，這全是你的胡思亂想。」

「沒錯，我並沒有辦法去證明你的殺人動機。」

「你就專程來這裡自言自語發你的牢騷？」

啟造以詫異的表情看著犬養。

「我想幫助你。」

「幫助我？」

「你太太被帶走後，你就一直一個人待在這個家裡。你太太不在身邊已經三天了。這會有多麼孤單、多麼難受，我只能憑想像了。啟造先生，能夠帶進墳墓裡的，只有沒贖完的罪而已。你並不是像拓真那樣會作奸犯科的人，相信你的內心正在無聲地吶喊吧！你其實還有可以做的事。」

犬養說完後，便轉身離去。

雖然感覺到身後有視線盯著，仍然不回頭地邁步出去。接下來就沒自己的事了，只剩下那唯一知道真相的人進行自我審判而已。

一陣風起，身後那房子傳來枯葉磨擦的颯颯聲。

黃色緞帶

1

「嗨，各位看過或聽過這個詞嗎？」

說著，導師戶塚老師在黑板上寫下「性別認同障礙」。

「有人知道嗎？——對四年級生來說，會不會太難了點啊！」

我不知道。全班三十個人中，舉手的只有二人。

「只有兩個人啊！那麼，知道意思的人？」

這次無人舉手。

「簡單來說，就是心理和身體的性別不同。喂，那邊！這不是在講色情的事，不要發出那種怪聲音！」

戶塚用力敲了一下黑板，喧鬧聲嘎然停止。因為大家都知道老師抓狂時的恐怖，也知道敲黑板就是警告的意思了。

「從前，大家理所當然地認為，男人天生就是帶著男性心理、女人天生就是帶著女性心理，這叫做性別認同。不過近年來，隨著醫學研究發達，已經知道未必是如此了。換句話說，有人天生認為自己是男生，偏偏身體是女生，也有剛好相反的。這不是成長環境或興趣嗜好之類讓它後天改變，而是天生就如此，所以也是沒辦法的事。」
我從一開始就被戶塚老師的話給拉進去了。
「對本人來說，這是多麼離譜的悲劇啊！比方說明明覺得自己是女生，卻偏偏被當男孩子看待，被要求去上男生的廁所。上體育課時，明明體力就比別人差，卻被說是弱雞。要是用女生的方式講話，就被罵噁心。不但要承受精神上的痛苦，不知不覺還會不喜歡甚至是討厭自己的身體。還有人因此自殘……嗯，自殘，懂嗎？」
「割腕嗎？」
「沒錯，就是這個！因為討厭自己的身體，於是傷害自己的身體！換句話說，我覺得是比別人想像的更痛苦啊！之所以說我覺得，是因為老師沒有這種病，所以只能靠想像的。」
「但是，只是這樣就會想死喔？」
「吉田不認為是嗎？那麼啊，吉田，如果你在學校和在家裡，都一直被說因為你是女生就要穿裙子，你會怎樣？連名字都不是叫貴之，而是要被叫成貴子喔！」
「啊，那好討厭！哼！討厭死了！」
「為什麼我要跟你們說這些呢？就是因為最近在全國的小學、中學，然後還有高中，都發生這樣的案例。有學生向學校提出申請，學校也認可了，於是決定從新學期開始用新的性別對待這名學生。然後法律也改了。」

「咦？連法律都……」

「說是改變，其實是放寬啦！『性別認同障礙者性別對待特別條例』，好長的名字啊！用意在於讓社會接受改變性別這件事，主要就是要去做戶籍或是戶口名簿上的記載變更。這個條件比從前放寬了許多。換句話說，就是要大家接受世界上真的有這種人存在。」

「但是，老師，那不是一種病嗎？生病的話，吃藥或開刀就會好了不是嗎？」

「這個部分很難啊！……我的看法是，我覺得性別認同障礙並不是病，而是上帝的錯！」

上帝的錯！我完全被這句話吸引住了。

「我們都說『造物主』，所以相信上帝是萬能的。但是，上帝有時候也會犯錯。心理和身體的組合就是個例子。上帝犯的錯卻要人類硬去修正過來，我是覺得有點可笑！所以啦，你們的朋友或認識的人當中，如果有這種人的話，就要叫他不必勉強自己要跟外表一致。不光是性別，外表和內在不一的人，在這個世界上可多著呢！」

聽完戶塚老師的話後，那一整天，我都心神不寧。老師的那些話說得精彩極了。

「翔仔，一起走吧！」

沒有理由拒絕直也。我們回家的方向一樣，而且對我來說，他比一直玩在一起的好朋友還要更好！

那次的放學途中，直也仔細端詳我的臉，然後嚇一大跳。
「什、什、什麼啦？」
「不是啦！我只是看到你的臉，就想起老師說的話，那個，叫什麼性別認同的！」
「那個和我有什麼關係？」
「你啊，當然內在和外在都是男生，但仔細一看，不用仔細看也一樣啦，你都有一張很可愛的臉喔！」
剎時，我羞得滿臉通紅。
「你、你在胡說什麼啊！」
「眼睛大、鼻梁挺、嘴巴小，再加上眉毛清秀，天啊！條件全齊了！我老姊啊，就老是跟我說：給我帶翔仔回來！真是煩死了！這叫什麼來著？熟女殺手？」
「你覺得這樣說，我會高興嗎？」
「就是有人會高興啊！長得漂亮、長得可愛，這些又不是不好！」
直也一副事不關己地說。那是當然的！活力、陽剛又有肩膀的他，根本就不需要這些。
「跟你說過了，我對那些完全沒興趣！」
「我——知道！雖然老師這麼說，但我是正常人，才不想跟那種『屌兒啷噹』的人約會呢！」

在社區入口與直也分手，我就自己回家了。這個時間雖然爸媽都還沒回來，但我仍一如往常地說：「我回來了！」

這時候起，是我的個人時間。

戶塚老師說過，上帝也會犯錯，沒必要勉強修正這個錯誤。

這句話讓我的心變輕鬆了。

將穿過的衣服放進洗衣機後便直奔衣櫃，然後拿出喜歡的衣服。

這週天氣變得相當暖和。街上已經很少人穿外套了，春天來了。

所以，就這件吧！——我毫不猶豫地挑了一件淡粉紅底有花色的洋裝。穿過袖子時，鬆鬆散散的衣料令人心情大好。站在立鏡前一照，原本就斜肩的我，從肩膀到腰間的線條非常柔順，伸出來的腳也很修長，因此整體很協調。

然後坐在媽媽的化妝檯前。將桌上的化妝水滴幾滴在手上，輕拍幾下讓它們滲進毛細孔裡。並沒有要細細描妝，而是這麼做就能改變心情，對我而言，宛如一種儀式般。

待化妝水滲透後，就從抽屜拿出我專用的睫毛膏。這個睫毛膏是我上小學時，媽媽送我的禮物。我的睫毛本來就長，沒必要貼假睫毛，只要好好上睫毛膏，眼睛就炯炯有神了！

然後上口紅。不是為了突顯嘴唇，而是要取得整體搭配的協調感。口紅是我和媽媽共用的，但我也想存零用錢，哪天可以買自己專用的香奈兒。今天為配合這件洋裝，就選淡色的。

接下來是戴上栗子色的假髮。前面有點鬈度，這也是我喜歡的。最後是用我最喜歡的檸檬黃色緞帶把假髮後面綁起來。

嗯，完美！

不僅可愛，還有些嬌豔呢！

裝備齊全的我，這下變身為小滿了。

「我出門囉！」

用只有自己聽得見的方式說，我飛也似地出門了。

衝下社區的樓梯，碰到住在同樓層的老太太。

「啊！小滿，要出去啊？」

這位老太太，我在身分是翔仔的時候碰過她，因此這時候不能出聲。於是我急忙點個頭便和她擦身而過。

「總是這麼活潑呢。翔仔就好內向說。」

就這樣，我跑到社區的小公園。可能是一連幾天都沒下雨，又是陽光普照的好天氣關係吧，春天的百花齊放。

春花一定帶有令人興奮雀躍的花粉吧！我如漫步在雲端般地橫過公園。其實，我連這裡的遊樂器材都沒玩過，更別說是跟其他小朋友交談。反正我來到外面，就只想把小滿扮演好。我用拼命用功讀書來交換一天一次變身成小滿的機會——這是我和爸媽的約定。

當然，和我住在同一層樓的人都認識身為桑島翔的我，如果面對面仔細端詳的話，說不定就會知道我是翔仔了。但那種心臟怦怦跳的感覺，真叫人受不了。

隱藏祕密的快樂。

不能被揭穿的緊張刺激。

如果被識破，他們一定不會再好好對我了，說不定還會背地裡偷罵我是變態之類的。

每次認識的人一靠近，我就會心臟噗通噗通、呼吸急促。當他們沒發現而走遠後，我就一整個虛脫，這種落差也叫人受不了。

在小公園轉一圈後立刻回家。我以小滿的姿態現身，只限於社區內，這是爸爸提出來的條件。

沒再變身回來，我就這樣維持著小滿的打扮，開始做功課。

小滿向來就比翔仔活潑，也比較聰明。翔仔要做兩個小時的功課，小滿一小時就搞定了。在寫算術的空檔，我從書桌抽屜裡拿出我最喜歡的照片。

這是我兩歲時拍的小滿模樣的照片。端莊地坐在椅子上的小滿，簡直就是個法國洋娃娃，而且這個小滿頭上也有招牌的大大黃色緞帶。

回想起來，我決定以黃色緞帶為必備配件，就是因為這張照片。當然，照片上的那個黃色緞帶早就不見了，但一定是這個小滿造型成為我日後的打扮參考。

一過六點，媽媽兼差回來了。

「啊！」

媽媽進房間來，一看到我就過來摸我臉頰。

「小孩子真好啊！就算是男孩子，也很吃妝呢！」

然後無趣地撫摸自己的臉頰。

「抗老的費用，果然和年齡成正比啊！」

我和媽媽之間話題不多，化妝是少數的共同話題，所以我很喜歡聽。

教我基本化妝技巧的，就是媽媽。因此，太貴的當然不行，但大部分的化妝品，她都願意讓我使用。

第一次把化妝水擦進肌膚裡的觸感，宛如昨日一樣記憶清晰。我毫無抗拒，反而高興得很。

「真是天生麗質啊！」

媽媽經常這麼說。而每次聽她這麼說，就好懷念啊！現在當然沒有了，但在上小學之前，我要說「自己」時，就會說「人家」。而且跟我一起玩的都是女孩子，也就一直用女生的說話方式。

爸媽覺得太有趣了，所以在家或在社區裡，他們會讓我穿女裝玩。把自己的兒子打扮成這樣來玩實在不像話，但我自己也很喜歡，所以不會抱怨。當然，大家都愛面子，所以在家附近，就都說我是我的妹妹小滿。

八點一到，爸爸回來了，終於要吃晚餐了。反正都是冷凍食品加熱而已，媽媽和我先吃應該也沒關係，但爸爸說，一家人就要一起吃晚飯才有意義。

我把戶塚老師的話跟爸媽說。要是學校能夠接受我的樣子，那該多棒啊！

不過，爸爸反應出乎意料。

「別被騙了！不可能啦！翔仔！」

「咦？」

「學校和老師說的都是場面話啦！因為把學生一視同仁才方便管理啊！如果你真的出櫃的話，就會被當成麻煩製造者。」

「是嗎……」

「假設他們接受你是那個什麼性別認同，那麼你的學籍是男生，但上體育課時卻要被當成女生對待，廁所啦更衣室還得另外準備一間才行，這麼麻煩的事誰會去推啊！」

爸爸正面看著我。

「世人的眼光比你想像的還要狹窄，少數的弱勢怎麼樣都會被迫害的。我們會允許你這樣，不過就是解解悶而已，好嗎？今後你扮女裝的事，還是要絕對保密喔！除了爸爸和媽媽，都不准跟別人說。要遵守約定，只有在我們社區裡才能打扮成小滿的樣子，要是不遵守的話，就再把你關進儲藏室！」

一聽到儲藏室，我連忙點點頭。儲藏室在廁所對面，裡面放著滑雪工具，我每次調皮搗蛋時，就會被關進那裡。那是個陰暗潮濕，又臭死人的地方了。

被關進那種地方，我死也不要！

2

隔天，回家時看了一下信箱，裡面有一封信。

誰啊？

一看收件人，我呼吸快停了！

『桑島滿 同學』——。

我的眼睛一定瞪得又圓又大吧！

反覆看了又看，的確是寫給小滿的，再急忙看寄件人，是〈ＩＲ學校教材〉。

我邊按住就要爆裂的胸口邊拆開信封。

幸好裡面只有學校教材的廣告單，此時緊繃的胸口才稍微輕鬆了一點。

但，心臟還是大鼓擂小鼓的。

怎麼會有寄給小滿的信呢？

這家〈ＩＲ學校教材〉公司又怎麼知道小滿的事呢？桑島滿的存在，明明除了社區的人之外，應該沒人曉得才對啊！

是爸爸或媽媽搞的鬼嗎？

不會。昨晚爸爸才警告我絕對要守住小滿的祕密，媽媽也在一旁點頭。怎麼看都不像是這兩個人在惡搞啊！

突然覺得毛骨悚然。

雖然每天都做小滿的打扮，但她畢竟是個虛構人物，我只是借用她的名字和樣子罷了。這樣的虛構人物怎麼會有來信？

搞不好是我身體裡的小滿，要具體地在這個世界現身了？

念頭一起，我馬上打消。別傻了！又不是科幻片，怎可能有這麼扯的事?!

但，這封信又怎麼說？

混亂的腦袋瓜裡一直跑出亂七八糟的東西，沒多久就頭痛欲裂了。我把那個廣告單撕成好幾片後，丟進垃圾桶。

但還是毛骨悚然。爸媽回來後，我把這件事跟他們說，但他們兩人光是笑，根本不把我的話當回事。

然而，令人毛骨悚然的事還不只這件。

那是我跟往常一樣變身成小滿到公園去的時候。因為一個人都沒有，我就自己坐在鞦韆上，迎面慢慢出現一個男人的身影。

一看就很怪的打扮。大太陽眼鏡加上口罩把整張臉遮住，看不清長相也分不出年紀，而且黑帽子配黑外套，全身上下清一色的黑。

我馬上聯想到死神。

那死神一看到我，就走過來。我立刻想向周圍求救，但公園裡只有我和死神而已。

男人愈走愈近。偏偏我像全身被緊緊捆住般，一步也動不了。

然後，那男人已經站在我面前。

「桑島滿？」
不由得想大叫。
「妳就是小滿吧？」
男人又問了一次。口罩悶住聲音，聽起來更可怕。
「我是來找妳講話的。可以坐在妳旁邊嗎？」
還沒說完，男人就急著靠過來。
腦中尖銳的警鈴大作。
有什麼好講的！
快逃！
我跳起來拔腿就跑。
啊！那男人好像嚇了一跳，但我才沒時間管他了。活像是老鼠碰到天敵般，我飛也似地落跑。
「等等！」
怎麼可能等?!
我從那男人的身邊呼嘯而過。沒事沒事！小滿勇敢又機靈，不像翔仔那樣老是行動遲疑。
「等等啊！」

小滿果然跑得很快，那男人的聲音已被遠遠拋在後頭。小滿一路直奔大樓樓梯，衝進家裡，鎖上上下和鍊子三道鎖後，蹲在角落。

切切感到每一秒每一分的恐懼，然後，是敲門聲。

「小滿！小滿！可不可以開門說個話？」

男人追到這裡，不斷呼喊小滿。不知在哪讀過，這種時候千萬不能出聲。如果出聲回答，死神就能輕易穿過鐵門入侵到房裡來。

男人敲了好幾次門，叫了好幾次門，終於放棄似地走掉。

即便如此，我仍然不敢離開角落，一直雙手抱緊肩膀蹲著。

當天晚上，我將今天發生的事告訴爸媽，果然這次他們兩人都沒有笑。

「翔仔，那一定是個性變態！」

媽媽眉頭緊皺地說。

「每到春天，就會有那種性變態出沒喔！太陽眼鏡加上口罩？這不是標準裝扮嗎？一定是哪個不敢讓人知道底細的蘿莉控⓳大叔要來欺負翔仔，喔不，是要來欺負小滿的！那傢伙有在

⓳蘿莉控：指有蘿莉塔情結的人。屬戀童癖的一種，迷戀對象為小女生。

你面前拉開褲子的拉鍊嗎？」

沒，那倒是沒有。

「問題就在這裡喔！如果把那個露出來，打扮成小滿模樣的你，想叫也不能叫出聲啊！」

「嗯！」

就像媽媽說的，那個時候我不能大聲叫出來，除了因為太緊張，也是擔心要是我大喊救命，那麼我的祕密不就被人知道了嗎？

「暫時先不要扮成小滿比較好吧？」

爸爸嘴裡塞滿了晚餐的煎餃說。

「先不管他是不是蘿莉控，都來到家門前了，真是太危險了！是可以向警察報案啦，但要是沒發生什麼事，警察就不會認真處理的！」

爸爸的意思到底在指什麼啊？我因為太害怕了不敢問。

「聽你這樣說起來，那傢伙的目標好像是小滿。如果先暫時不要打扮成小滿，他就會死心不來了吧！怎麼樣？願意忍耐一下嗎？」

不能當小滿，我當然很不爽！但只要一想到那個男的跟蹤我，也就沒辦法了。於是我猛點頭。

和爸媽談過後，我的恐懼好多了。

不過，這回又有別的事讓我百思不解。

桑島滿這個小朋友，真的是虛構人物嗎？

有寄給她的廣告單。

還有專程來找她的男人。

我的身體裡面，十之八九確實存在著小滿。是不是她想和現實的我交換呢？這兩起事件是否就是前兆呢？

重新思考後，我發現小滿的一切都比我還要優秀。不但外表，還有頭腦，行動力也是。如果要選朋友，與其選桑島翔，誰都會選桑島滿啊！

她想待在現實世界中吧？如果這樣，和她共用同一個身體的我，就成為她的阻礙了！如果真是這樣的話，就表示小滿想跟我交換吧?!

我打心底害怕起來。若說小滿是一個特別的存在，那麼由我來說就更具絕對的說服力了，因為，小滿確實就是另一個我啊！

不知什麼時候戶塚老師告訴過我們，每一個人的內在，都同時有幾種人格存在，而會在不同場合出現不同的人格，就是這個道理。

因此，就算我的人格被小滿的人格取代，那也一點都不奇怪啊！不，其實我更覺得，一舉一動都引人注目的小滿才真正掌握著主導權。

爸爸要我暫時不要打扮成小滿，但，根本跟那無關，我的身體裡，小滿所占的比例正快速增加中。如果放任不管，我一定會被小滿侵略掉吧！

於是，我就會從這個世界消失了。

不要！

吃過晚飯去洗澡。我低頭檢視自己的裸體。

確認胸部平坦，吊在大腿間的那個東東還在後，我就放心了。

太好了！我還是個男生！

只不過，這種狀態會持續到何時呢？——我抱緊泡在澡盆裡不住顫抖的身體。沒什麼線條的體格、薄胸、細手細腳，老是被直也嘲笑「弱咖」！就連我自己也根本不喜歡這樣的身體啊！

那天，我一晚沒睡。

怪異的事到了隔天還在持續著。

和直也一起放學回家，就在站前商店街前面，有人從後面叫我們。

「嗨！兩位！你們好嗎？」

回頭一看，一個背脊挺得直直的男人站在那。相貌英俊得宛如電視連續劇的演員般。

「老師說過，不要隨便跟陌生人講話……」

直也拿出防身警報器做出防衛動作後，那男人有點佩服似地雙手抱在胸前。

「哼！多多少少有點殺傷力啦，但要對付可疑人士，就未必管用了吧！那麼，如果這樣呢？」

說著，在防身警報器前亮出一個對折的證件夾。一打開，上面是貼有照片的證件，下面嵌著一枚金色徽章，證件上寫明姓名為犬養隼人。

「啊，警察證件，酷！是真的耶！」

「我是真的警察，所以可以問一下吧！不過，你怎麼知道這是真的？」

「網路上賣的仿製品，鍍金會更新更亮喔！這個你看，顏色都褪了。」

「現在學校也有教這個喔？」

「才不是！我哥是警匪片迷，是他告訴我的！他也常在看賣這種證件的網站呢！」

「你哥真厲害！我真想帶真正的警察證件去見見他呢！……只是不巧，我是來找這位的，桑島翔是嗎？」

「我、我是。」

「你妹妹，也就是小滿，我想問問有關她的事。」

聽到這名字的瞬間，腦袋瓜裡的警報器又響了。

連警察都嗅出我的祕密了！

「不知道。」

立即回答。

「不知道？是你妹妹吔！你們不都在一起嗎？」

「她，我沒看過也沒聽過！」

只丟了這麼一句話，我便拔腿跑了。

「喂！翔仔！」

完全不理會直也的叫喊。現在要是停下來，就會被那個警察抓去了。

不要回頭！不要停！

到底哪來的力量？我用連自己都吃驚的速度衝過馬路。

當晚，我做了一個夢。

我和小滿在社區公園裡一起盪鞦韆。四周沐浴在夕陽下火紅一片，唯獨小滿活像被聚光燈籠罩住，白淒淒輕飄飄地浮晃著。

「為什麼我在時，妳就在？妳只是我的一部分吧！」

被我這麼一問，小滿吃吃笑出來。

「是誰這樣安排的啊？」

第一次聽到小滿的聲音，真好聽！

「你一點都不覺得怪嗎?搞不好剛好相反,你才是我的一部分呢!」

「是嗎?」

「你有哪一點比我強嗎?聰明?跑得快?人見人愛?與其讓你出面,還不如由我代替你,這樣才更棒不是嗎?」

「怎麼可能這樣?」

「為什麼不行?」

「妳是虛構的人啊!」

「哈哈哈!天哪!還說這種話!」

小滿覺得我瞎爆了。

「那我問你!為什麼虛構的人物會收到信?為什麼虛構的人物會有人專程跑來看她?為什麼警察會知道我?!」

「那是因為……」

「性別認同障礙!前幾天聽過了吧?」

「嗯。」

「你也應該有點注意到了才對!桑島翔的身體是男的,但心理是女的啊!這不正好?我桑島滿是你的主人格,而你,不過是躲在我後面的人格罷了!」

這話太過分了，可我無以反駁，因為我確實這麼想過啊！
「怎麼？你好像不願意？」
「那當然啊！總不能妳說我們來交換，我就立刻回答好啊好啊！」
「還有一件事！你的身體是男的，必須換成女的，也就是換成我的身體才行！」
「換成妳的身體?!太扯了吧！難道要變性?!」
「才沒必要動變性手術呢！」
小滿奮力盪起鞦韆，縱身一躍，漂亮著地。
「我們兩個是可以自然交換的啊！你就突然變成女生的身體，同時躲在我的人格裡面，那我們就能身心一致了！桑島翔這個人從此就從世界上消失了！」
「瞎扯！」
「才不是瞎扯呢！」
小滿把臉湊過來。愈是近距離看她，愈覺得她的五官簡直跟洋娃娃沒兩樣。
「世界是會變的！連世界都變了的話，你的身體起任何改變根本就不算什麼！」
「世界是會變的？不會吧……」
「我最喜歡黃色了，你也是吧？」
小滿指著自己頭上綁的緞帶說。

「我們把世界染成黃色的，怎樣？」
「把世界染成黃色？」
「是啊！就像是透過檸檬黃的濾光器看到的黃澄澄的世界一樣！是我最喜歡的世界！是我的顏色的世界！」
小滿如歌唱般口口聲聲。
「到時候，世界變了，你也會變了，你會變成我！」
宛如贏得勝利，小滿洋洋得意地說。
語音剛落，整個世界如接獲指令。
剎時，原本嫣紅一片的世界開始起變化，社區的牆壁、公園的花草樹木，還有天空，全都一點一點泛黃了。
「翔仔！知道了吧！新的世界已經來臨了！」
說完，連小滿也從頭開始變黃了，那情景活似黃色緞帶正一口一口嗑掉周遭的顏色般。
緊接著，我的腳底也開始變色了。
「消失吧！翔仔！」
我嚇得全身凍結。
使盡全力呼天喊地！

「哇啊啊啊！」
突然間，醒了！
上氣不接下氣！
回過神來，發現不只臉不只脖子，全身上下都被盜汗浸濕透了。

3

昨晚做的那個夢根本就像童話故事，因此沒跟爸媽說。要是說了，也只會落得被取笑的份而已。
這種事，只能對一個人說。上學途中碰到直也，我便迫不及待問他。
「那個，世界會突然改變嗎？」
「蛤？」
直也用搞怪的聲音回答，但他可能看我表情都沒變，判斷我是認真的吧！於是思考了一會兒說出以下這段話。

「這些都是從我哥那聽來的！我哥說，比起其他國家，日本在各方面都要安定得多，政治啦、社會啦。不會像別的國家那樣想發展核武、也不會發生出人命的暴動！所以日本不會有激烈的變化，如果有變化的話，也是慢慢、慢慢地來的。你懂嗎？」

「嗯，好像有點懂。」

「我其實也是半懂半不懂的。可是啊，我哥的意思是說，那是一廂情願的想法，事實上這個世界是說變就變的，只是人們明明知道卻假裝不知道罷了！因為如果每天腦筋都在想這些，就會人心惶惶！」

「說變就變?!」

「兩年前的東日本大地震不就這樣嗎？那就是一瞬間的事啊！一瞬間，街道被沖毀得亂七八糟，還死了一大堆人，福島的核電廠被搞成那樣，有太多人的生活一下就全變了樣！」

「嗯……」

「所以啦，世界一下說變就變，根本沒啥好大驚小怪的！」

直也一定認為我只是出於單純好奇才這麼問吧！但直也他哥哥的看法，對當下的我而言，真是太有現實感了。

世界會在一瞬間改變。

那麼，我也能在一瞬間改變囉！

發生異象是在中午過後。

要下雨了嗎？才覺得外頭好暗喔，坐在窗邊的健治便鬼叫起來。

「啊！什麼啊？那個！」

被這麼一叫而擠到窗邊的我們，全都啞然失聲。

天空染成黃色了！

不是雨雲不是雪雲，也不是暴雨前的烏雲。整大片天空被蓋上土黃色而遮住光線，因此學校的牆壁和樹木都暗昏昏得看不清。天色沒半點空隙，從窗戶看出去，清一色黃稠稠連綿不盡。

眾人無不嘖嘖稱奇地看著外面，只有我不是。

恐怖倏地貫穿全身。

來了！世界瞬變的時刻來了！

然後，我的身體會被小滿奪走！

我馬上跑離窗邊。要是再站在那，小滿的使者就要來了。

來上第五堂課的戶塚老師看了一下窗外說：

「最近的天氣真是越來越怪了！要是看新聞，就會常看到他們說，這是觀測史上第一次，或是觀測史上最大最強什麼的！但是啊，老天又不會下槍林彈雨，所以大家不必自己嚇自己啦！」

話只說到這就停了。彷彿那樣的異象還不及上課重要似的！

不是開玩笑的！

不是下槍林彈雨就沒事了，是整個世界就要變了啊！

「喂！怎麼了桑島？你臉色好蒼白，是身體不舒服嗎？」

戶塚老師一問，我除了猛搖頭，還能怎樣！

快逃！

大家快逃啊！

之後，老師的上課內容完全左耳進右耳出，我根本無法專心。心臟一直怦怦跳得疾如擂鼓，而且我擦了又擦，手汗還是冒不停。

就算我說了，也不會有人相信吧！他們要是聽到我就要變身成女生，一定會狂笑死了！

沒辦法找人說。

沒辦法向人求救。

我只能一個人逃！

下課鐘聲一響，我立即拔腿奔出教室。也不知道有沒有地方逃，反正只要一停下來，就會被自己的恐懼感嗑掉似的。

一出教室，仰望天空。

再次毛骨悚然。

土黃色的天幕低垂，予人壓迫感。那顏色只消仰望一會兒就想吐。雲層並沒有擴散開來的跡象，不但比剛見到時更加厚沉，連一直清晰可見的高樓大廈都彷彿被整個塗掉了。極目眺望，遠方天邊仍無半點間隙，宛如滴在水槽上的墨汁般，逐漸向下深入並蔓延開來。這個世界的確確被完全包覆住了，至少從這裡看，根本無處可逃。

跟夢中的景象一模一樣。黃色正以不可思議的速度侵蝕這世界。再這樣下去，大街小巷變成清一色的黃，只是遲早的問題了。

我沒命地奔逃！反正現在應該先衝回家再說。躲在房間角落，不，如果還是害怕，躲在那個儲藏室也行。就是要把身體整個藏起來！

然而，另一個我卻不懷好意地咕噥著。

躲?!躲什麼躲啊！

在世界開始改變的現在，你的肉體馬上就要被小滿取代了！這是躲也躲不掉的命運啊——。

不要說了！

不要說了！

不要說了！

我一邊狂喊一邊快跑！

但一跑出校門，就急踩煞車。

「嗨！」

感覺背脊被潑了一盆冷水。

眼前正站著那個黑不嚨咚的男人。

「桑島翔啊！我等著你呢！我想在這裡一定能碰到你！」

從口罩裡傳出的聲音，悶聲悶氣得令人渾身不舒服！

他伸手過來。

我一把揮開，想從他身邊擠過去。但，這次栽了！我的肩膀被一隻手從後頭抓住。

「喔！別跑！」

不管三七二十一地拼命撥開那隻手。那男人好像被我的抵抗嚇到，稍稍後退了一下。

就是現在！

再次全力拔腿飛奔。隨後傳來逼近的腳步聲。

追來了！

「等等！」

男人的聲音貼過來！

啊，這時候我要是有小滿的矯健身手就好了！

懊悔莫及！但無論如何，這次非成功逃脫不可！我知道跑一般的通學步道肯定不妙，要改抄岔路、捷徑，甚至是小巷子才行。唯有閃進這些小路才可能逃得出去。

死命地衝向林蔭大道。還沒完，這邊還是沒有岔路。要再往前跑二十公尺到十字路口，才能從轉角的酒館旁邊抄小路進去。只要穿過小路裡的工地，便可以直線到達社區了。

穿過林蔭大道，便來到主幹道。這裡向來人潮很多，最適合我這種小朋友奔逃了。我在上班和購物人群間不斷穿梭。

猛回頭，果然，那個一身黑的男子被人潮阻隔無法直直跑過來。即使如此，他還是盯住我的身影窮追不捨。

加油！桑島翔！

終於到達十字路口，但眼前的綠燈已經在閃了。

該死！

一變紅燈，我幾乎同時跑進斑馬線。不過，距離橫向的號誌燈變成綠燈之前還有點時間，我想，只要看見小朋友穿越斑馬線，所有車子都會停下來吧！

安全過關！

一過斑馬線，車流馬上動起來。那個男人歪著嘴巴看向這邊。活該！

總算看到酒館的招牌了。

準備彎進旁邊的小路裡。

就在跑到酒館前的自動販賣機時。

有人抓住我的右手。

「只有躲壞人才會不走通學步道吧！」

心驚肉跳地回頭一看，是那個叫犬養的刑警。

「放、放開我！」

「放開你的話，你會跑進那個小路吧！那很危險喔！」

「待在這裡才危險呢！有死神在追我！」

「死神……？哈哈哈！這樣啊？」

不一會兒，那個一身黑的男人走過斑馬線來了。

「放開我！連警察也是小滿的手下啊！你們想把世界變成黃色的嗎！」

使勁想甩開他的手，但那個叫犬養的警察力氣實在強我太多了，我完全敵不過！一陣拉扯間，死神已經走到我們面前。

死定了！

「啊，犬養，給你添麻煩了！」

果然警察跟他是一夥的！

「不是跟你說了嗎？翔仔會看到你就跑，是你的錯啊！戴墨鏡又戴口罩的，你這一身打扮，任何小朋友看到你都會害怕啊！」

「沒辦法啊！今年的花粉飛散量是去年的六倍！沒做好萬全準備，我就沒法呼吸呢！」

咦？

「翔仔，跟你介紹一下！這傢伙叫柴崎，是在地區的育兒支援課上班的公務員，和我是大學的同期喔！」

「育兒支援課……那麼不是黃色世界的使者囉？」

「黃色世界？啊，你是在說這天空嗎？」

犬養仰望天空輕輕笑說。

「剛剛氣象廳已經發布了消息喔！這天空會變成黃色，不是天變地異，也不是世界末日什麼的，是一種叫做煙霧的自然現象啦！」

「煙霧？」

「這幾天連著都是好天氣，所以很乾燥，關東平原乾燥的沙土被南下的冷鋒吹卷上去，就變成這個樣子了。風沙形成厚厚一層，太陽光一照，就變成這種顏色了。」

「那，你為什麼要追我？」

「因為我想問問關於你妹妹桑島滿的事啊！」

「小滿是我虛構出來的人物啦！」

此話一出，兩個大男人面面相覷。

「翔仔，你看過自己家的戶籍謄本或戶口名簿嗎？」

「沒有啊！」

「那我告訴你吧！桑島家的戶籍謄本上的確記載著小滿的名字喲！出生年月日是平成十八年四月八日。這個小你三歲的妹妹確實存在喔！」

4

翔仔還搞不清楚狀況，可一回到社區，便發現家中聚集著一大堆警察。

「我先跟你道個歉，因為這對你來說太殘酷了，可我並不打算瞞你。這世上有些事是隱瞞不說比較好，但這件事要是繼續隱瞞下去，事情就大條了，而且隱瞞只會讓人更加起疑，起疑就會造成其他麻煩。為了防止事端擴大，應該讓你知道真相才對。如果這麼一來會讓你恨我，那也沒關係。」

犬養刑警的話我似懂非懂，但他似乎是想對我全盤托出，於是我靜靜地聽他說下去。

「對了，這家裡是不是有間很少使用的房間呢？」

「嗯，儲藏室很少打開。」

犬養刑警聽我這麼一說，便要我帶他去儲藏室。

「在戶籍上，小滿確實存在，而且一年一年長大。之所以會有學校教材的廣告單寄給小滿，就是業者從戶籍上得到資料而做成名冊。地區的育兒支援課除了負責調查兒童的保育狀況外，如果到達就學年齡，也必須和兒童本人面談。只不過，不管再怎麼連絡，你的爸媽就是不讓小滿和負責這項工作的柴崎見面。因為覺得事有蹊蹺，所以他來找我談。於是我打聽了小滿的事，才知道你根本就不知道小滿的存在。疑問越來越多，這個家在戶籍上明明就有兩個小孩，事實上卻只有你一個……啊，這就是儲藏室喔？」

犬養刑警打開儲藏室後便蹲下來，用手指開始敲儲藏室的地板。

「地板下面果然是空的！喂，把地板撬開！」

一名警察拿來拔釘器，從地板角落的邊邊使勁扎進去。

「可是，從以前，這個家就只有我一個小孩啊！你看！」

我把兩歲時拍的那張照片給犬養刑警看。

「從那時候起，我有時就會扮成小滿了。」

然而，犬養刑警凝視那張照片好一會兒後，便搖搖頭把照片還給我。

「這不是你，是真正的小滿！沒仔細看就難以分辨。照片中這孩子的右耳上面有個黑痣，但你的耳朵上沒有。」

「出來了！」

撬開地板的警察一喊，犬養刑警馬上張開雙臂擋在我面前。

「別看！」

但，就在那瞬間，我看到了！

開了個大洞的地板下，有個意想不到的東西躺在那。

是個長約七十公分的小小骸骨。
骸骨的頭上綁著已經完全褪色的黃色緞帶。
「犬養，頸骨已經碎了！」
「這麼說，有可能死於非命！馬上帶他們的爸媽過來！」
犬養刑警說話的樣子，就像要吐出難吃的東西似的。
「那就是……真正的小滿？」
「沒錯。因為你沒印象，所以應該是很久以前就被殺害而一直藏在這裡的。」
「怎麼會有這種事？」
「當然一定有隱瞞殺人的理由，不過，一再讓你打扮成小滿的模樣在人前出現，就是要讓附近的人以為小滿還活著。因為要是被發現小滿已經不在人世，就拿不到兒童津貼了。」
「兒童津貼是多少？」
「二〇一一年以前是一萬三千圓，二〇一二年度開始是滿三歲以上兒童一萬圓。」
「……就為了那麼一點錢？」
「每個月都拿到的話，自然會覺得這是一筆固定收入，也就不拿白不拿了。」
後來聽說，小滿是媽媽和別的男人的私生子。爸爸在小滿上幼兒園前做血液檢查時才偶然得知，因而一時衝動殺了小滿。媽媽因為坦白招認且滿懷愧疚，爸爸就不加以苛責了。因此，我應該至少和小滿一起生活過二年時間，但從五歲起，就持續扮演著自己和小滿兩個角色，於是造成記憶混亂——這是犬養刑警對我做的說明。

結局是，沒多久我就被送到爺爺奶奶那裡了。

而且必須轉學。剛剛，我才跟全班同學道別而已。

現在，我站在令人留戀的校門前，焦急地等待他的到來。

這世上有些事是隱瞞不說比較好——犬養刑警曾經這麼說。若是如此，那麼我究竟該不該說呢？對這個總是陪在我身邊的他。最近我隱隱約約感覺到了，或許我對他抱持的是友情以外的情感也說不定。對於他，我實在無法就這麼隱瞞真正的自己而離開。我會後悔對他坦白，還是後悔沒對他坦白呢？

就在想得心煩意亂時，他的身影映現眼前。

我不假思索地高喊：

「等你好久了！直也！」

紫色獻花

1

也許死亡已經超過三天以上了——出動前如此聽說，因此榊間明彥有了覺悟。既然發現屍體的現場是一處完全密閉的室內空間，想必臭氣薰天。到強行犯[20]科已經三年了，對死亡多日的屍體早已見怪不怪，但就是無法習慣那股腐敗的惡臭。

今天是四月二十日，以一般的時節來說，才正要迎向初夏時分，可在這裡，岐阜縣多治見市，已經是火傘高張的盛夏了，下午三點的氣溫甚至超過三十二度。無論如何，這裡每年都和埼玉縣熊谷市在爭奪「日本第一酷暑市」的頭銜。身為市民，這點熱還不至於發起牢騷，唯獨那股腐屍臭則另當別論。

下午六點抵達現場。以黃色膠帶圍起來的獨棟平房，那就錯不了。鑑識同仁早就展開行動了。

「通報的是住在隔壁的一名婦人。」

站在現場玄關前的巡查[21]如此報告。

「據她說，是因為這三天來，信箱已經塞滿了報紙，但室內的電燈卻一直開著，所以覺得奇怪。」

於是這名婦人走到現場，發現門未上鎖，一進去，便看見屍體了。

「一個人住吧？」

「是的。屋主叫高瀨昭文，聽說一直是一個人住。」

估計鑑識作業已經結束了，準備進入現場。果然一如預期，跨進屋內的瞬間，一股又嗆又潮的熱氣撲鼻而來，立即閉氣但已來不及了。例來的動物性蛋白質分解出的甜膩屍臭味侵入鼻腔，蔓延至胃裡。

房間格局是二房一廳一廚，兩個房間都是西式的，屍體就在餐桌正側邊，身體朝下。死者身著襯衫和西裝褲，模樣很平易近人，左側腹後面插著一把菜刀，說明了死因。臉偏向一邊，眼睛是閉著的，因此看來彷彿睡著一般。年紀約六七十歲，瓜子臉，輪廓深邃。

「致命傷是這個嗎？」

沒特別問誰，一名鑑識人員立即跑過來。

「嗯。雖然尚未解剖還無法斷定，但依目前看來，並未發現有其他外傷。」

根據身上的駕照，已經確定死者是高瀨昭文，六十七歲。依手錶戴在左手腕上來判斷，應該是

⓴強行犯：指涉及殺人、搶劫、強姦、綁架、縱火等重大案件的罪犯。

㉑巡查：日本警察官的階級之一，為組織中的最基層階級。

慣用右手。依凶器所刺的部位來看，不可能是自己刺殺自己。若為自殺，受傷部位一定要在自己的手能搆到的範圍內；而且，自殺的話，下刀的部位多半是直接露出肌膚，很少像這樣從衣服上直接刺進去的。

「鑑識的看法是他殺嗎？」

「如您所見，菜刀幾乎是刺到刀柄這邊來了，用自己的手的話，是不可能刺進這麼深的，除非凶器刺進去後直接往後倒，那麼或許就有可能，但並沒有發現這樣的痕跡。目前的看法，應該是從背後遭人襲擊比較合理。」

確認意見一致後，榊間再次俯身觀察屍體。屍體下方的一灘血跡已經凝固，顏色也變黑了。

「死亡推定時間是？」

「根據驗屍官的意見，考量到室內溫度的話，應該是三天前，也就是十七日的深夜十二點到三點之間。不過，還是要等待解剖報告出爐。」

室內溫度這幾個字，特別引起榊間的注意。

「死亡推定時間是半夜。隔壁人家說這裡的電燈一直開著。不過空調倒是關著的。凶手要是注重節能減碳，也只做一半啊！」

因為這個「只做一半」，才更加速屍體的腐敗。即使用手帕摀住口鼻，還是敵不過屍臭的強烈侵襲。

「空調的開關只驗出本人的指紋而已。」

桌上有兩副茶杯，已經倒上茶了，但都還沒喝。換句話說，被害人對來訪的客人極可能毫無戒心。

榊間回想起三天前的深夜，因為熱得睡不著，他早就開冷氣了。屍體呈平常的穿著打扮，以這點推測，應該是被害人剛外出回來，才接待某個人沒多久就遭到攻擊了。換句話說，連開冷氣的時間都沒有。

「桌子的邊邊和內側的門把，還有菜刀，都有指紋被擦掉的痕跡，一定是凶手幹的！」

接著，榊間環視屋內。包括桌上，屋內的擺設井然有序，毫無一丁點打鬥跡象，顯示凶手是趁被害人背對自己的瞬間拿菜刀刺殺他。接著，凡是自己手碰過的地方，就擦掉指紋。最後，從現場逃走時也沒鎖門——所描繪的景象單純到不能再單純了。

「褲子裡有皮夾，裡面有現金三萬五千圓。」

由於屋內並無翻箱倒櫃的情形，因此一開始便放棄偷竊這條線，現又發現皮夾裡的現金，更證實了這點。

走進餐廳的隔壁，角落設置一佛龕，龕上立著一個相框，相框裡是一張已經褪色的母女合照。據鄰居說，高瀨一直是一人獨居，因此這應該是妻子和女兒吧！

「家人都過世了嗎？怎麼說這張照片都很舊了！」

佛龕前還有一只小小的花瓶，插上一束紫雲英。這季節不論在郊外或路旁，都可見到紫雲英盛開，而裝飾於佛龕上，格外予人現實感。「別採啊！就該開在原野上的紫雲英！」這是一首歌的歌詞。散發清雅潔淨的紫，真是美極了！是啊！紫雲英不正是岐阜縣的縣花嗎？

「把室內搞得像三溫暖，是為了誤導死亡推定時間吧！」

鑑識課員自言自語似地咕噥著。果真如此，那麼凶手就是有必要做出不在場證明的人，換句話說，很可能就是死者認識的人。若要誤導犯案時刻，就得加速屍體腐敗，就不能讓室溫有所改變；可是這樣的話，就該將門上鎖以防止他人進出才對啊！因此，這個推論無法成立。

「我去打聽回來了！」

第一個回來的，是榊間的學弟日坂。

「有人在四天前看到被害人……但沒用啊！三天前的深夜，大部分的人家都是關上門窗睡覺了。」

姑且不論大都會，一過晚間七點，這一帶的店家就打烊了，因此行人寥寥，到名古屋市上班的人陸陸續續回來，但尖峰時間是八點。

車站前和商店街不同，由於並非人潮聚集的場所，因此並未設置監視器，這下，不太能期待目擊情報了。

皮夾裡還有職員證，上面記載公司名稱為「織部計程車」。這邊立即照會該公司，現在是時候前往調查了！

綜合以上種種，再待在現場，應也無法立即取得有效情報，於是榊間將現場檢證工作交給日坂後，便先行離開了。

到達織部計程車公司告知來意後，馬上被帶到接待室。由於是個人經營的小公司，出面的是社長禮島。

「高瀨他十八日有排休，但昨天和今天都無緣無故沒來上班，所以我們也很擔心，沒想到竟發生這樣的事……」

禮島驚訝得不能自已。若這是演技，實在值得褒獎。

「雖然來本公司上班只有八個月，但他的能力相當強。我們公司的派車系統還沒電腦化，所以很需要高瀨這樣的人才。」

原以為高瀨是計程車司機，一問之下才發現並非如此。

「高瀨是負責派車業務。我們公司有十五輛車在跑，要能夠精準地掌握住十五輛車每分每秒的所在位置，才能讓整個運行順暢，也因此必須能夠綜合考量每個時段、每條路況等各種千變萬化的情況才行。這麼複雜的工作，高瀨卻相當勝任愉快，應該是他前一個工作的內容也是這些，所以早就抓到訣竅了吧！反正他表現得相當優秀。」

「前一個工作？」

「聽說他以前是做高速巴士的運行管理。警察先生也知道吧？就是去年五月，中央高速公路發生的那起名濃巴士車禍……」

啊！榊間恍然大悟地點點頭。一輛往返可兒市與新宿之間的高速巴士，在高井戶交流道附近撞上防護欄，造成一人死亡八人輕重傷的那起車禍。起初以為肇事原因是駕駛打瞌睡，後來才查明是駕駛出於個人動機而製造假車禍。一審被以殺人罪判刑十二年，目前應該還在二審訴訟中。

「因為沒有違反國交省的規定，所以名濃巴士並沒有被追究責任……唉呀，反正因為種種原因，在車禍發生的兩個月後，公司就倒了。」

禮島含糊其辭，但之後的事不說也明白。雖然公司完全沒錯，但發生過那種車禍的巴士，還有誰願意搭呢？想必是乘客量大幅銳減，名濃巴士就不得不停業了。

名濃巴士於去年七月停業，如此推算，應該是高瀨找了兩個月的工作後，才到織部計程車上班的。以六十七歲的年齡來說，算是相當幸運了。

「其實他是因為公司倒了才失業的！他的個性溫和正直，工作能力強，又沒犯過錯。唉，真是痛失這樣一位好人才啊！」

「公司裡沒人嫉妒高瀨嗎？這麼有才能的人，不被人嫉妒不是很怪嗎？」

「這種情形完全沒發生在高瀨身上。這就是一個人的品德了！同輩也好，年輕一輩也好，而且不分男女，大家好像都很能接受高瀨，這麼一說，我自己也是呢！」

禮島略帶沮喪地說。

「說是同事，其實更像是自家人一般，高瀨真是個親切好相處的人啊！也許這跟他的家人都往生了有關吧，只要跟他在一起，就會有一種安穩平靜的感覺。同事需要讚美時，他就會讚美，需要安慰時，他就會安慰。該怎麼說呢？不是有種說法叫做察言觀色嗎？他就是那種很懂人心很會察言觀色的人！這種人會被殺害，我、我到現在都還不敢相信……」

因哽咽而說不下去了。感覺不像惺惺作態，而是禮島本身也很欣賞高瀨似的。

待禮島恢復平靜後，榊間再開始質問。

「這幾天，高瀨有什麼不對勁的地方嗎？」

「倒沒什麼特別……就算是排休，那也是消化每個月一天的給薪假而已，並不是什麼特別的請假。」

沒有家人，沒有懷恨在心的同事。如此一來，調查範圍就有必要追溯到上一個工作，也就是名濃巴士時期了。為慎重起見，同樣質問了禮島以外的所有員工，得到的回答全都相類似。

好人被殺的命案尤為棘手。由於動機多半是為財，看似單純，然而被害人若非大財主的話，調查就會立即陷入膠著。
將高瀨昭文的為人狀況放進腦中抽屜後，一回到多治見署，日坂已經等在那了。
「那邊有進展嗎？」
「不知道算不算是進展，有兩件事倒是值得注意。」
「說來聽聽。」
「首先，查過被害人的手機，最後的通話紀錄是案發當天的晚上十點四十二分。」
若果如鑑識人員所推測，死亡推定時間為十二點到三點之間的話，那麼最後的通聯紀錄便意義重大。
「通話對方叫菅谷豪志。」
好像聽過這名字。
「喂，是那個菅谷嗎？」
「對！如果不是還有別人同名同姓的話，就是名濃巴士的前社長了！」
名濃巴士的停業，以及和這件事有所牽扯的社長菅谷豪志，相關謠傳榊間也聽說過了，不，只要是當地人，可說無人不曉。
發生於中央高速公路上的那起車禍，刑事方面，駕駛的犯行已經確定了，不過民事方面，還有對死者多多良淳造的家屬，以及八名輕重傷者的賠償問題未決。然而，就在被害者這邊準備進行集體訴訟時，名濃巴士卻宣布停業，菅谷社長個人也沒什麼資產，訴訟因而受挫。一般認為這是在民事判賠之前，菅谷所採取的逃脫手段。

若是如此，表示前社長與前員工在公司停業前就協議好了。當時沒對這種情況採取作為的話，那名負責的警察應該被革職吧！

「你不是說有兩件事嗎？」

「另一件是人壽保險。在客廳的書架上找到保單。」

「人壽保險？」

這就怪了。後來確認過，高瀨的妻子與女兒已經過世，應該也沒有其他家屬才對。這種情形下還保了壽險，叫人無法理解。

「就算是重大傷病保險，以他的年齡來說，條件應該很嚴格啊！」

「死亡保險理賠金剛好是一億圓整。投保日期是去年的七月二十五日，也就是剛從名濃巴士退職之後。不過，最大問題是在死亡保險金的受益人名字。」

榊間盯著日坂拿出來的保單。

受益人簽名欄上的名字，完全沒見過。

2

『第二十九屆靜岡田徑大賽，即將登場的是女子二百公尺決賽。第一跑道是目前就讀日體大二年級的橋本詠美，她已經在起跑線上就定位了。名次當然不用說，橋本身為奧運的強化選手，大家對她到底能夠寫下怎樣的參賽標準紀錄相當關注。預賽時你怎麼看？黑澤先生！』

『我相當看好她！在預賽中，橋本跑出了和上回選拔賽時同樣的成績，可見狀況越來越好了。你看她表情也突然嚴肅起來了呢！』

『目前，第二跑道的塞西莉亞．莫瑞諾也被視為最有希望奪冠的選手，橋本會如何與她競逐，可說是本場比賽的一大看點。各位！比賽的時間已經到了！』

樫山有希的目光不覺間被吸引到電視畫面上。而解開這道魔咒的是當窗口叫出自己的號碼時。

『二百二十五號，這邊請！』

被硬生生切斷般，視線從畫面上拉回。

是不是在公共職業安定所這種地方才會有這種感覺呢？跟在銀行被叫到號碼時的感覺完全不同，這裡的叫法顯然聽不出人性，也聽不出個性。當然啦，就只是數字而已，難怪會有這種感覺，而自己會如此在意，應該是自卑感作祟吧！

朝三號窗口走去。努力不讓自己的殘障姿勢那麼明顯，可當右腳承受身體重量的那一剎那，姿勢還是會突然整個傾斜。窗口的男職員瞥了一眼有希的右腳，隨即若無其事地調回視線，但有希已經將這一連串如定格般的動作看在眼裡了。

「呃，樫山有希小姐……妳希望擔任行政工作是嗎？」

應該是突然把希望的工作性質和右腳的殘障狀況連結起來了，那名男職員一副理解的模樣。被看穿自己的弱點，有希當然不爽，但一想到眼前這名職員正掌握著自己的命運，也就不能臭一張臉了，於是勉強戴上討好的笑容面對。

「妳希望從事和運動有關的行業是吧？嗯，上班地點是整個名古屋，雖然範圍很大，但這方面的職缺不太容易找到呢！」

聽到這種說法，有希在心裡喊著：果然啊！運動健身中心、體育大學的教練、田徑大賽的工作人員……，這些職缺早就被填滿了不說，甚至是僧多粥少，根本不會向公共職業安定所徵才，這是心知肚明的事。然而有希還是來這裡填寫工作申請，因為寄予了一絲絲希望。

許是因為拖著右腳的模樣與希望的行業別有相當落差吧？那名男職員的口氣聽得出夾帶訝異之情。有希強忍住湧上心頭的憤怒，逼自己專心聽對方說明。

「妳希望的月薪是十五萬圓……這有點為難啊！目前非正式行政職員的平均月薪最多九

萬圓，我覺得妳一開始就把條件稍微降低一點，可能性才比較大喔！」

說法雖然極盡婉轉，但意思就是要有自知之明。

「而且，行政職通常不太缺人喔！加上熱門的工作因為離職率低，不會有職缺循環……」

男職員宛如自己就是企業的人事負責人般訴說著。儘管每句話都令人不安，但他每天都得面對幾十個失業者，若要一一考慮到求職者的心情，恐怕工作也難以進行吧！

有希稍微回頭一看，等待叫號的人、正在用電腦檢索的人、坐不住而靠著牆壁無所事事的人……。並非只有退休後再度就業的高齡人士，的確有像有希這樣二十多歲的女生，甚至還有未成年者，可說男女老幼各階層全到齊了。

新政府上台後，景氣就會好轉。這是電視一天到晚播的。但在這公共職業安定所裡，似乎還在舊政府的勢力範圍內。而仔細觀察，不少高齡人士都四肢健全，至少，比起自己，就勞動力而言，他們更具功能性。

「不像從前，因為現在外勞也很多了！年輕已經不是本錢了喔！還是要有一兩個證照才行！唉呀，就算有證照，都未必能輕鬆找到工作呢！」

在這就業艱困時期，也許工作守則之一就是不能給失業者過高的期待吧？男職員的字字句句聽來既辛辣又冷酷。又或者是，自己在勞動力這方面懷有自卑感才會聽來如此呢？

「反正已經登記了，要是找到符合條件的企業就會通知妳，但也請妳不要光是等待，要常常來這裡走動喔！如果不更勤快一點參加就業活動，就真的會慢慢失去就業機會喔！這絕對不是件好事呢！」

男職員把重新蓋上登記號碼的文件拿還給有希。有希也沒好好確認號碼，直接放進資料夾裡就要離開座位。

起身那一瞬間，腳踝再次鈍痛起來。此時皺起眉頭的話等於認輸，因此強僵住表情。

來到出口處，餘光瞥見電視畫面。

『哇！橋本做到了！雖然不是第一名，但漂亮地刷新了參賽標準紀錄！』

『果然獲選為強化選手後，成績便大幅進步呢！不論哪種礦石，如果琢磨的方法不對，就不可能成為閃亮的寶石啊！』

即便不想看，還是一如反射動作般，眼睛自然盯住電視。畫面上是橋本詠美低下頭和肩膀，正在調整呼吸。

她是比自己小一屆的學妹。好令人懷念的臉龐，但超過半年不見，已經完全變得英姿煥發了。那時老像隻寵物狗狗般跟在自己後頭的情景，彷彿一場夢。

一看見詠美的臉，內心便隱隱作痛。

原本，電視畫面中的人物，應該是自己的——如此一動念，便陷入周遭人全都在嘲笑自己的錯覺中。

有希立即拖著右腳逃開。因為不想讓人看笑話——自己是個多麼沒用的人啊！

媽媽泉美在車上等著。有希鑽進後座，泉美立即面露不悅，意思是，既然母女同車，就要坐在媽媽身邊才對啊！但，顯然有希拒絕了。最近因為很懂媽媽的話中有話，因而鬱悶不已。再加上，即便她是媽媽，讓她看見已變形的腳，仍然難堪。為此，有希一向爭取自己搭公車，但總是被迫接受媽媽的好意而搭她的車來。

「怎麼樣？」

馬上丟來令人心一沉的問題。

「今天只是登記而已，他們要我常常來。」

「哼！那麼，不來還不行呢！」

媽媽到底知不知道最近的就業狀況啊？還是因為是自家人，就認為找工作就像到速食店買速食那麼容易呢？

「下次我自己搭公車來，妳不必送我了！」

「說什麼啊？妳那腳！好了好了！在妳找到工作之前，我就當妳的計程車司機算了！」

這話也好刺耳！讓媽媽當計程車司機，等於是說，快給我找到工作！

「能快點有著落就行了！」

不想再回她了！無視於媽媽從後照鏡看過來的問話，有希將視線移向窗外。

若把剛剛自己在受理窗口遭到何種對待的情形一五一十跟媽媽說，她會做何反應呢？是會暴跳如雷地抓狂，還是意志消沉地沉默？抓狂的話，是因為傷到身為前奧運強化選手的媽媽的自尊心；沉默的話，仍是因為傷到身為媽媽的自尊心。無論如何，讓媽媽待在車上等是正確的。

車子從公共職業安定所開向國道十九號線。國道十九號線是一條熟悉的道路，因為國中高中都在這附近，田徑賽跑時經常跑這條路。因此，光是眺望車窗外，身體就能記憶起在哪條直線開始呼吸困難，在哪個十字路口膝蓋開始累積了乳酸。

身體的記憶甦醒後，胸口便痛楚起來。跑步，是學生生活的全部，是驕傲，是目的。當時，自己的未來就是當一名短跑選手，從不作他想。因此根本想都沒想過自己會像現在這樣，拖著殘障的右腳往來公共職業安定所。

「可以的話，就在家附近的公司上班好了！」

似乎為了緩和尷尬的氣氛，泉美若無其事地嘀咕著。這是她向來的做法。

但這句話又惹毛了有希。

進體育大學後，東京就成了自己的故鄉，是邁向下一個世界舞臺的跳板，是充滿希望的城市才對。

只不過，有希被這個希望城市拒絕了。

一年前的五月，那一天發生的那起車禍，將一切逆轉了。

當時，就讀體育大學二年級的有希搭乘行駛於新宿到可兒市的高速巴士回家。

在黃金週的第一天，星期日，開回東京的途中，當時是晚間八點二十分。包括有希在內共九名乘客，巴士在高井戶交流道附近撞上防護欄。

第一個發出慘叫的是坐在有希前排的女生。隨著那哀嚎，有希看向前方，防護欄的接縫處變成一把巨刃將巴士劈裂，那殘破駭人的景象逼迫眼前。坐在左邊第二排的那名男性老人，身體被夾在防護欄和座位間整個擠爛，這一幕，彷彿慢動作般映入眼簾。那一剎那，有希一定驚聲尖叫了！

這場災難也波及有希本身。眼看著座位和座位之間不斷壓縮，當意識到危險時，已經太遲了。

有希的右腳被夾進前座拔不出來，又從上面壓下巨大的力道。

咔喳！聽見右腳的破裂聲。

因過度震驚與劇痛，時間感已經麻痺了，不覺間，救護車抵達，有希終於被從擠爛的座位間救出來。拔出右腳那一瞬　應該是痛得一時昏過去了吧？在漫長的痛楚間，視線變得恍惚，只看見銀色的雨朦朦朧朧。

不過，真正最糟的情況接踵而來。

右腳踝以下完全粉碎。骨頭也好肉也好，全都不成形了，於是緊急動手術取部分腰骨移植過來，竭盡全力將症狀控制住避免造成壞死。

即便是自體移植，骨頭要完全癒合仍需時間，況且，就算癒合了，也不保證能如從前那般強而有力。傷處就像埋了爆彈般，要全力奔馳根本不可能。

於是，短跑選手樫山有希死了。

接下來便是日復一日的復健。最難堪的，就是復健的效果不可能恢復到往昔的日常生活水準。有希是被推薦進體育大學的。一名腿部骨折的短跑選手給什麼特別待遇也沒用，一旦不能好好跑步，在體育大學就學就毫無意義了。

當然，轉向運動科學、投入研究領域，也是另一種出路，但多年來的夢想破滅，導致失落感過深，加上怯於面對外界，於是有希輟學了。從國中起，有希眼中就只有近在眼前的那條終點線，而今那條線被抹除了，她竟落得連找其他去路的能力都沒有。

搬離宿舍，逃到鄉下去！在這些自我忠告中，有希返回多治見市。那一刻，故鄉淪為恥辱與失意之城了。

起初，對夢碎而返家的有希而言，故鄉的確給她滿滿的溫暖。當地的電視臺還以她為主角做一集悲劇女英雄的特輯。前途相當被看好，卻因為一場意外事故斷絕了前路的年輕人——。因關心她的受傷狀況而寄來的勉勵信件達上百封。

然而，外界的送暖終究是反覆無常的。有希待在老家一段時間後，當她的身影變得稀鬆平常，附近鄰家就開始在背後閒言閒語了。

不能參加奧運，就老是關在家裡嗎？

不就是走路有點不方便而已，難不成要一直待在家裡當啃老族嗎？

反正也沒締造出足以參加世界大賽的成績，就這樣退役下來，本人反倒鬆了口氣不是嗎？

要在本地就業，就得疲於抹去這裡的恥辱與失意才行，這對自己是多麼殘忍啊！可媽媽根本沒考慮到這點。

那天，有希失去的不僅是右腳，連希望、熱情、寬容也都沒了。剩下的只有絕望、悔恨和執拗而已。

飛得愈高就跌得愈重。不但喪失面對明天的氣力，日積月累的挫敗感正一點一滴腐蝕有希的意志。之所以參加就業活動，完全是為堵住媽媽的嘮叨才去提出申請的，有希本身並無堅定的就業意願。

事實上，有希並不願永遠待在家裡。她希望盡快結束在自己房間和客廳做復健的現狀。因為這件事就和連續吃一成不變的食物一樣叫人氣餒。有希其實希望能到設備完善的復健中心去，在專科醫師的指導下做復健的，但家裡籌不出這筆錢。遭車禍時，住院醫療費用已由汽車強制險及其他保險支付了，但出院後的復健費用則不在理賠範圍內。想對名濃巴士提出告訴時，該公司又已停業，一切就這麼沒轍了。

究竟自己要被命運拋棄到哪兒呢？——正這麼迷惑時，自家突然映現眼前。

玄關前站著一名陌生男子。

「誰啊？」

泉美訝異地停下車，那名男子注意到，便走過來。

「抱歉！是樫山有希小姐嗎？」

「嗯，有什麼事……」

「我是多治見警察署的榊間。有些事想請教妳一下！」

3

「所以，妳是說妳不認識高瀨這個人囉?!」

「是啊！再說，被陌生人指定為一億圓保險金的受益人，按常理不可能啊！」

理所當然地提出質疑，而其實榊間本身也懷疑高瀨與有希兩人熟識。

首先，高瀨的手機上並無有希的號碼，而突然檢查有希的手機，裡面也沒有設定高瀨的電話號碼。

不過，有希的右腳殘障，這事馬上和高瀨有了連結。因為在去年五月發生於中央高速公路上那起高速巴士的衝撞車禍，兩人便屬於加害方與被害人的關係。然而，高瀨當時擔任名濃巴士的經理及負責運行管理業務，而支付賠償金那段時間，是由損害保險公司出面處理的，兩人並無見面機會。

「本來也應該支付你傷殘賠償金的，但後來確定車禍是司機蓄意造成的以後，保險公司就只依契約條款支付部分金額而已。」

「這真的很氣人呢！……就是因為這樣，我們要向名濃巴士提出民事告訴時，他們卻停業了……我們也和律師商量過，但律師說名濃巴士的社長並沒有個人資產，就算官司打贏了也沒意義！」

有希緊咬雙唇，那悔恨交加的模樣並不像在演戲。

由於這起命案跟死亡保險金有關，榊間便姑且偵訊一下案情，但其實他並不認為有希會是凶手，因為她有鐵證如山的不在場證明。從死亡推定時間的十七日到隔天十八日，有希都和爸媽一起待在惠那市的溫泉旅館。該溫泉旅館以溫泉治療為目的，那段期間，旅館的客服人員見過好幾次有希的身影。就算想趁深夜獨自行動，那時間也叫不到計程車。

「第一，我要是有恨誰的話，那就是名濃巴士的社長。和經理或其他人沒關係吧！」

榊間打算一邊偵訊一邊窺探有希的表情，也許看她後來的反應，會改變對她的心證也說不定。

「妳知道名濃巴士停業後，菅谷社長後來怎麼了嗎？」

「不知道。」

「菅谷豪志在停業後的隔週，就到一家叫菅谷旅遊的公司上班了。」

「菅谷……旅遊？」

「就是由菅谷社長的弟弟擔任董事長的巴士公司！去年六月成立的。但不可思議的是，該公司名下的巴士，全都是從已經停業的名濃巴士登記過去的。不，不只巴士喔！公司的設備，甚至是員工，所有算是資產的東西，幾乎全部移轉到新公司去了。實質離開這家公司的員工，就只有高瀨一個人而已。這下妳明白了吧！名濃巴士只是表面上停業罷了。當資產全都移轉到菅谷旅遊的名下後，就算被提出民事告訴，也不必擔心被拿走了。再說，菅谷社長並不是新公司的負責人，所以新公司也不會被追究任何責任。」

「怎麼可以這樣?!」

「法律上可以。恐怕從車禍原因被查明後那一刻起，就在祕密布局了吧！」

似乎是初次聽到這件事，有希面紅耳赤，氣得全身顫抖。

「那個擔任經理的高瀨先生為什麼不去新公司上班呢？是菅谷社長討厭他嗎？」

「聽說他是個經驗豐富而且很有能力的人才，菅谷社長也慰留他了，但他本人還是想走。事到如今，也沒人知道原因是什麼了。」

話說到這裡時，日坂進偵訊室來。

「榊間先生，有訪客。」

「現在正在偵訊中啊！」

「可是，真的是稀客……本廳的搜查一課為這件案子來了！」

警視廳搜查一課。

的確是稀客。而且還是來干涉高瀨這起命案的？

榊間交代日坂繼續偵訊後，走出偵訊室。

在刑警辦公室等候的人叫做犬養隼人。身材頎長，外型出眾到當刑警真可惜了。

簡單打過招呼後，榊間單刀直入地問。

「本廳的一課怎麼會對這樁命案有興趣呢？」

「說是本廳的一課，不如說是我個人比較正確啦！」

從他樣子看來，似乎與警視廳的指示完全無關。接著，從他口中聽到巴士車禍的真相後，榊間好一陣子驚訝得說不出話來。

「這麼說來，那起車禍是高瀨教唆殺人囉?!」

「沒有任何物證，高瀨的這番供詞也沒做成筆錄。就算做了筆錄，高瀨所做的，就是依規定製作運行指示書，整理出乘務員清冊，然後在乘務員的輪班上動了點手腳而已，並不能真正構成教唆殺人的案件。」

「這就是所謂的完美犯罪嗎？」

「如果確實有這種犯罪存在的話，這算是最接近的案例了吧！」

一時之間難以置信，但既然警視廳搜查一課的刑警都說得這麼明白了，沒道理不信啊！

若相信犬養所言，雖然對高瀨的心證會由白轉黑，但也有可理解的部分，就是禮島對高瀨的評價——擅於洞悉人心、明白他人的欲望而加以滿足。若能發揮這項長才，要操控懷抱深仇大恨的人就不是不可能了。出於善意而為，就成德，出於惡意而為，就成毒了。

「那個高瀨昭文被殺了，也就是說，你認為這件事和去年那起車禍有關？」

「我沒有明確的證據，但那起車禍的首謀被殺了，難道你不覺得奇怪嗎？」

犬養說的沒錯。

「那麼，如果是出於怨恨高瀨的話，凶手就可能是被教唆的那名司機，或者是車禍死掉的那名乘客的家屬了。」

「那名司機小平真治，目前被拘留在東京拘留所。至於車禍死掉的多多良淳造的家屬，因為多多良投保了壽險，他們拿到上億圓的死亡保險金，現在正悠哉悠哉過日子呢！更何況，這雙方根本無從知道高瀨教唆殺人這件事。」

這種解釋也很合理。

「現場勘驗、屍體相驗報告，還有鑑識報告，我剛剛都看過了，我在意的是高瀨手機裡留下的和菅谷豪志的通話紀錄。偵訊過他了嗎？」

「之後就會偵訊。」

「可以的話，能不能讓我也在場呢？」

既然犬養提供了重要情報，若是斷然拒絕他的請求，實在說不過去，況且他的姿態也放得很低。由榊間提出申請的話，相信刑事課長也會一口答應吧！

「我就向上面呈報看看吧！……但是，你為什麼要來幫忙調查這件事呢？」

被這麼一問，犬養略顯尷尬地說：

「這真的很抱歉，我自己也搞不清楚呢！」

初次見到這個名叫菅谷的男人，紅通通的臉，肥嘟嘟的身材。也許是偵訊室的冷氣不夠強吧？他頻頻擦拭滿頭大汗。

「好熱啊！公家機關實施節能減碳是好事啦，但在多治見這麼做的話，我覺得工作效率會下降喔！」

菅谷表示是從報上得知高瀨被殺的消息。

「我嚇一大跳呢！我記得是十七號左右吧？才和他通過電話的！」

「你們談了些什麼？」

「談了些什麼？就是聊聊近況啊！因為最後只有他一個人離開我們啊！大家都很喜歡他，所以都很關心他後來的狀況。」

菅谷似乎沒打算隱瞞假裝停業這件事。其實稍微查一下就知道了，他應該是判斷這種事沒必要隱瞞警察吧！

「十七日那通電話是從哪裡打的？」

「從哪裡？啊，你是要問不在場證明是吧？十七日那天下班六點過後，我應該是在市內的哪個地方喝酒吧！回到家已經是下半夜了。我平常都是這樣子的！打電話給高瀨，應該也是在哪家小酒館打的吧！」

「有什麼可以證明嗎？例如有誰跟你在一起？」

「沒有啊，我向來都是自己一個人喝的！也不一定特別常去哪家店，要是一家喝完換一家，到底去過哪些店也記不得了！這也難怪啊！通常第二家開始我就茫了，根本什麼也不記得啊！」

「那真遺憾啊！」

「可是刑警先生，十七日已經是四天前的事了，那麼久的事還一個一個記得清清楚楚，不才奇怪嗎？」

愈觀察愈覺得這男人心機很深。這種人說謊簡直就像呼吸一樣自然。榊間密切地一邊觀察一邊訊問。

「如果是聊近況的話，應該常常聊吧！」

「啊？果然調查到這邊來了！真傷腦筋啊！還是騙不了警察大人呢！」

看起來就像是個突然羞愧起來的老糊塗。

「我說我們在聊近況，這沒騙你啦，只不過，其實是我一直在挖角他呢！不光是他在運行管理方面很在行，像他那樣誠實的人品也不多見呢！」

「沒去過他家裡嗎？」

「沒有，我打算要是在電話上得到不錯的回應，就改天登門拜訪。但事情就沒那麼順利，所以沒去過他家。」

「是不滿意你提出的待遇嗎？」

「不是，根本就還沒提到這麼具體的問題！首先，並不是由我付薪水的！」

這樣啊！這態度是表明不承認自己在新公司其實有幕後的支配權？

「唉，他的老婆和女兒很早就都不在了，他一直是一個人獨居呢！他不是個會把自己的私生活對別人說的人，可是，如果有欠債就能理解了，偏偏高瀨好像沒有這種金錢上的困擾，而且他本來就是個清心寡欲的人！」

「聽你這麼說，高瀨簡直就是個聖人君子！可是，這樣的人怎麼會被殺呢？你認為有誰可能對高瀨懷恨在心嗎？」

「對高瀨懷恨在心？嗯……我並不認為有誰會懷恨這種清心寡欲的人啦……不過歷史上清高的偉人被暗殺的例子也不少就是了。但，那是因為思想上、政治上的理念不同才被暗殺，並不是出於個人恩怨。」

「換句話說，你認為高瀨不可能因為私人恩怨被殺？」

「這純粹是我個人一廂情願的看法啦！否則的話，世上的好人就沒法升天成佛了啊！」為了逃避負起賠償金而假裝停業，從這種人口中竟會說出「好人」之類的話，真是笑掉人大牙了！

至此始終保持沉默的犬養突然開口。

「謝謝你從各方面所做的證辭，大家都很敬佩高瀨先生的人格。不過，正如同你所指出的，既然跟思想或政治無關，這樣清高的人實在沒有被殺的道理。而今被殺，一定有其他理由，例如金錢目的。高瀨並沒過著奢華的生活吧？凶手會因為看到他的生活狀況就萌生殺意嗎？」

聞言，榊間頗感意外，但不動聲色。這個犬養到底想說什麼？如果他看過相關報告了，應該明白這不是竊盜案，就算考量到人壽保險，和這有關的也只有有希而已。

「奢華的生活？沒有啦，高瀨完全不是那種人！他這個人相當節儉，來上班穿的都是二件一萬圓的襯衫，便當也是自己做的，也從不跟同事去喝酒。車子是已經開了十年的豐田Corolla，住家是四十年的木造建築，連佛龕上供的花都是附近開的野花！真要說起來，我覺得他才不喜歡過引人注目的生活呢！」

不喜歡引人注目的人，通常都很擅於觀察。務必要先讓自己不起眼，然後才得以觀察並悄悄潛入他人的內心縫隙裡。如此才能不被當事人發覺而任意操控對方。高瀨昭文正是這種人啊！

然而，犬養思考的似乎是別的事，他湊近菅谷，可從表情讀不出他的意圖。

「為什麼你會知道？」

「……蛤？」

「為什麼你會知道高瀨家裡有佛龕，而且供的都是野花？你不是沒去過他家嗎？」

菅谷臉色大變。

「以、以前聽過的……」

「他不是個會把自己的私生活對別人說的人。你剛剛應該是這麼說的吧？」

不等對方說完，犬養就出言壓制。宛如一隻老鷹，抓到獵物後，利爪便不客氣地猛扒進去。

「你去過高瀨家了，而且剛好就是在那束紫雲英供上佛龕的十七日那天。」

「佛龕上供花是理所當然的啊！」

「不對！如果每天都在佛龕上供花的話，按理說會是左右一對，但那天佛龕上供的是新的小花瓶，而且只有一個花瓶而已。換句話說，高瀨並不是每天都供花，那個小花瓶是為特別的日子而新買的。」

「那、那也可以算是證據嗎？」

「要證據的話，當然有！」

犬養吊起嘴角。正因為他五官端正，光只有嘴角笑的話，格外令人膽喪。

「菅谷先生，多治見真的好熱啊！所以你好像會比別人多流一倍的汗呢！」

犬養指著桌上的一點。那是從菅谷臉上滴下來的汗滴。

「在命案現場，你把自己手碰過的地方都仔細擦過了，但，該不會是沒時間去擦地板吧？房子裡沒開冷氣，而且只有高瀨的指紋而已，可見你待在那裡時，冷氣已經關了。一定很熱吧！應該像今天這樣流了一大堆汗才對。難道不會有一兩滴掉在地上嗎？唉呀，也可能被踩在腳底了吧？鑑識人員從地板上的汗漬檢驗出兩種 DNA，一個是高瀨的，剩下那一個 DNA，要不要和你的汗水比對看看啊？」

榊間邊聽邊發楞。信口開河也要適可而止，鑑識報告上根本就沒那些東西啊！

不過，菅谷倒像是完全掉進了犬養的圈套中。只見他下巴不住顫抖並開始喘氣。

「你，被高瀨要脅是嗎？」

切中要害的一句！菅谷表情一鬆，頓時像洩了氣的皮球。

斷斷續續地，菅谷開始招了。

名濃巴士停業當時，菅谷還有相當金額的個人資產，若不設法隱藏，遲早被害人都會要求菅谷個人負起賠償責任，屆時財產就會被全數拿光了。於是菅谷和當時擔任經理的高瀨聯手為隱匿資產奔走，採取的伎倆就是一方面將現金換成無記名債券，一方面以假借款的方式做成負債。

就在成功騙過保險公司和法院，菅谷終於放下心時，高瀨打電話來了，說要將隱匿財產的事情向警察和媒體和盤托出。

「起初，我想用錢解決，我以為這是高瀨的目的，但他說他不要錢，反正他就是不肯放過我做的這些壞事。還列了一堆冠冕堂皇的理由，像是不能拋下可憐的被害人不管之類的，而我的話他一句也不聽。到最後，簡直當我是惡魔一樣……說著說著我就抓狂了！不永遠塞住這傢伙的嘴巴，我就完蛋了！剛好桌上放著一把菜刀，接下來的事我也記不清楚了，反正等我回過神來，那傢伙已經被我拿刀從後面刺進去了。我嚇死了，於是手忙腳亂擦掉指紋後就逃跑了！」

4

「幸好有妳，才讓真相大白！」

『這樣真好！但是，凶手難道不知道那個事嗎？』

「有些事連我都不知道呢！唉呀，我不知道的事可多著！反正是妳告訴我的，謝啦！」

『……嗯。』

彷彿看見電話那端沙耶香羞怯的臉。

關掉手機仰望天空，透明似的藍天一望無垠。

菅谷被送到檢察廳的兩週後，犬養和榊間結伴前來龍川村的墓地。

希望將高瀨的屍骨送回他長眠於故鄉的家族墓地——禮島他們的請求順利被接受了。在刻著「高瀨家世世代代之墓」的墓碑下，高瀨應該與妻女重逢了。

有人在連休期間前來掃墓吧！其他墓地上有新鮮的獻花與線香裊裊。

犬養從墓地周邊採集了一些紫雲英，將它們成束放在墓碑上。

「啊，這麼說來，他家佛龕上供的就是這種花了！」

「嗯，這種獻花對高瀨有特殊的意義，所以他才會特地去買一個新的小花瓶。」

「可是，被殺就沒法超度升天了吧？」
「不對！榊間兄，他不是被殺！」
犬養搖搖頭。
「是自殺的！」
「你說什麼？」
榊間鬆開合拿的雙手。
「他殺這個結果，不是你自己向菅谷問出來的嗎？」
「表面上當然是這樣，菅谷的供詞應該也沒錯啦！」
「所以呢？」
「但還是有一點不能理解，就是冷氣事先關掉這件事。不管來訪的人是誰，在那樣悶熱的夜晚怎麼會不開冷氣呢？我的看法是，因為高瀨本身不想開冷氣。也就是說，高瀨是故意被菅谷殺的，不，應該說是高瀨刻意誘導菅谷殺他的！第一，菜刀這個凶器事先就放在桌上，不是很怪嗎？搞不好，那其實是誘導抓狂的菅谷行凶的工具?!」
「怎麼可能這麼容易就操控一個人的心……」
才開口，榊間就又閉上嘴巴了。
「是啊！高瀨就是有這種本事的人呢！菅谷的供詞裡也說了，他是在和高瀨談話時才動念殺人的！擅於安慰別人鼓舞別人的人，自然也擅於激怒別人！高瀨對那起車禍肇事者，也就是那名司機所做的事，又再做了一次吧！」

「但是，幹嘛那麼大費周章！想自殺的話，乾脆自己割腕或者上吊不就得了！」

「因為免責期啊！高瀨投保壽險的簽約時間是去年的七月二十五日，因為還沒過免責期，現在自殺的話就拿不到保險金了！」

「真……真的動機是這樣嗎？」

犬養靜靜地點頭。

而今，高瀨的部分心思已經揭曉了。成功製造出那起高速巴士車禍後，高瀨發覺自己已經墮落成惡魔了，後來，他又從當地的新聞上得知樫山有希的現況。

一位夢寐以求參加奧運，將人生賭在田徑場上的少女。奪走她的腳和希望，讓她跌入地獄深淵的罪魁禍首不是別人，正是自己！而且有希因為經濟狀況不佳，無法獲得完善的復健。

因此，高瀨以有希為受益人而投保壽險。這是墮落成惡魔的他所竭力而為的贖罪。其實誰都可以成為殺害自己的凶手，之所以選中菅谷，不過是高瀨抓住了菅谷的弱點罷了。

「那天，會難得地在佛龕上供花，正是高瀨有了將死的覺悟吧！……但是，為什麼是紫雲英呢？」

「啊，這點我之前也不曉得，剛剛終於知道了。」

「剛剛才知道？誰告訴你的？」

「我女兒啊！我離婚後就沒和她住在一起了！長期以來她都不肯跟我好好講話，直到最近，終於願意在調查案件方面幫我點忙了。這次，我問她紫雲英的花語是什麼。」

「花語？」

「她說紫雲英的花語是『減輕我的痛苦』。」

想必高瀨對那起車禍的受害人滿懷著罪惡感，終於受不了良心譴責吧？

不，除此之外，找不到更合理的解釋了。

近來，對於犯人，總是如這般期待他們能夠良心發現。這和與沙耶香的關係改善肯定有關吧！懂得去了解、同理別人的心，或許也是追捕並為犯人戴上手銬的人，所不可或缺的條件吧！

線香上的火星熄滅後，燃起一縷細直的輕煙。

犬養再次雙手合十。

首次發表

〈紅色之水〉《小說野性時代》二〇一二年七月號
〈黑色之鴿〉《小說野性時代》二〇一二年十二月號
〈白色原稿〉《小說野性時代》二〇一三年二月號
〈藍色之魚〉《小說野性時代》二〇一三年三月號
〈綠園之主〉《小說野性時代》二〇一三年四月號
〈黃色緞帶〉《小說野性時代》二〇一三年五月號
〈紫色獻花〉全新創作

TITLE

七色之毒

STAFF

出版	瑞昇文化事業股份有限公司
作者	中山七里
譯者	林美琪
總編輯	郭湘齡
責任編輯	黃雅琳
文字編輯	黃美玉
美術編輯	謝彥如
排版	謝彥如
製版	明宏彩色照相製版股份有限公司
印刷	桂林彩色印刷股份有限公司
	紘億彩色印刷有限公司
法律顧問	經兆國際法律事務所　黃沛聲律師
戶名	瑞昇文化事業股份有限公司
劃撥帳號	19598343
地址	新北市中和區景平路464巷2弄1-4號
電話	(02)2945-3191
傳真	(02)2945-3190
網址	www.rising-books.com.tw
Mail	resing@ms34.hinet.net
初版日期	2014年11月
定價	280元

國家圖書館出版品預行編目資料

七色之毒 / 中山七里作 ; 林美琪譯. -- 初版. --
新北市 : 瑞昇文化, 2014.10
288面 ;14.8X21公分

ISBN 978-986-5749-76-7(平裝)

861.57　　103018701

瑞昇文化
Rising Publishing Co., Ltd.

廣	告	回	信
板橋郵局登記證			
板橋廣字第984號			
郵資已付，免貼郵票			

23578
新北市中和區景平路464巷2弄1-4號1樓

瑞昇文化事業股份有限公司 收

請沿虛線對摺寄出，謝謝！

瑞昇文化
Rising Publishing Co., Ltd.

書號：RA07
書名：七色之毒

請於此處用膠水黏貼

《七色之毒》最愛顏色票選活動

有機會獲得中山七里下一本新書！

7 種色彩引出 7 則離奇案件！ 顏色沒有對錯，人性也不是非黑即白！
看完本書後，你是否也忍不住掩卷深思？

【活動時間】即日起至 2015 年 3 月 31 日（郵戳為憑）
【得獎公布】2015 年 1 月 6 日、2015 年 4 月 6 日（分兩次抽獎）
【活動辦法】填寫《七色之毒》卷末回函，寄回瑞昇文化即可參加抽獎。
【活動贈品】中山七里下一本新書乙本　（贈品恕不提供選擇。）

❶請告訴我們，你對哪一篇故事最有感覺呢？

□紅色之水　□黑色之鴿　□白色原稿　□藍色之魚
□綠園之主　□黃色緞帶　□紫色獻花

原因：＿＿＿＿＿＿＿＿＿＿＿＿＿＿＿＿＿＿＿＿＿＿＿

＿＿＿＿＿＿＿＿＿＿＿＿＿＿＿＿＿＿＿＿＿＿＿＿＿＿

＿＿＿＿＿＿＿＿＿＿＿＿＿＿＿＿＿＿＿＿＿＿＿＿＿＿

❷你認為本書的特色是什麼？

□作品對社會時事有很強的影射性。
□作者對人性的透徹刻劃。
□結局翻轉，罪犯背後還有主謀在教唆、誘導。
□善惡、是非和道德界線在書中難以清楚界定。

❸犬養隼人刑警曾在中山七里的哪本著作中登場？

□開膛手傑克的告白　□再見德布西前奏曲
□連續殺人鬼青蛙男　□永遠的蕭邦

姓名：＿＿＿＿＿＿＿＿＿＿　□女 □男　※ 資料請以正楷詳填。
生日：西元＿＿＿年＿＿月＿＿日　連絡電話：＿＿＿＿＿＿＿＿＿＿
地址：＿＿＿＿＿＿＿＿＿＿＿＿＿＿＿＿＿＿＿＿＿＿＿
E-mail：＿＿＿＿＿＿＿＿＿＿＿＿＿＿＿＿＿＿＿＿＿＿

詳細辦法，請上本公司網站查詢：http://www.rising-books.com.tw/

活動注意事項：
①回函影印無效。
②公布日會將得獎人資料公告於瑞昇文化網站，並主動與中獎人聯絡核對資料。為了抽獎人的權益，請將抽獎人的姓名、連絡電話、收件地址以正楷填寫清楚完整。
③獎品限國內寄送。且獎品不得折換現金或其他商品。
④如有任何因電腦、網路、電話、技術或不可歸責於瑞昇文化之事由，而使系統誤送活動訊息或得獎通知，瑞昇文化不負任何法律責任，參加者亦不得因此異議。
⑤若得獎人不符合、不同意或違反本活動規定者，瑞昇文化保有取消中獎資格及參與本活動的權利，並對任何破壞本活動行為保留法律追訴權。

請於此處用膠水黏貼